メディアワークス文庫

# 月華の恋
## 乙女は孤高の月に愛される

灰ノ木朱風

# 目　次

# 第一章　悪魔殺しと女学生

「お醤油《しょうゆ》がほしいわ」

　きっかけはひとつ年下の義妹、亜矢《あや》の一言だった。

「聞いてらした？　月乃《つきの》お義姉様《ねえさま》。私、お醤油がほしいの。もらってきてくださらない？」

　長卓子《ながテーブル》が並ぶ寄宿舎の食堂で、謡川《うたがわ》月乃の眼前に突き出された小皿に載っていたのは上品なひとくちサイズの肉団子《ミンチボール》だった。

　文明開化より早幾年《いくとせ》。国内の洋風化著しく、前途洋々の気風にあふれた華やかなりし時代のこと。

　ここは帝都の山の手にある女学校。裕福な家庭の子女が通う寄宿制の私学校だ。

　食堂は洋間。脚の長い机に桃色の掛け布が敷かれて、銀の突き匙《フォーク》や汁 匙《スープスプーン》が整然と並ぶ。背高の椅子に行儀良く腰掛けた女生徒たちは、料理を小指の爪ほどの大きさに切り分けては楚々《そそ》と口に運んでいる。

「さっき、厨夫《ちゆうふ》さんがお醤油は切らしているって……」

月乃が消え入りそうな声で答えると、クスクスと小さな笑い声が周囲から漏れた。

この学園で寝起きする数え十五から十九ほどの女学生は、御納戸色《おなんどいろ》と呼ばれる青緑色の袴《はかま》にめいめい華やかな小袖を合わせるのが伝統だ。だが月乃だけは、制服である袴は着古しの丈足らず、着物も袖の擦り切れた貧相な木綿の絣《かすり》だった。

「切らしている？　それなら今すぐお醤油屋さんでもらってきてくださいな。もたもたしていると夜が更けてしまいますわよ」

亜矢の笑い声に合わせて菊柄の上質な綸子《りんず》着物がさらさらと音を立てた。

今の時刻は夕食時。まだ秋の初めで日が残っているとはいえ、醤油屋は店じまいする時刻だろう。わかっている。これはいつもの亜矢の嫌がらせだ。月乃は無言で口を引き結んだ。

どちらかと言えばおとなしい月乃が何も反論できずにいるのに対して、おしゃべりな亜矢は「今日は舞踏の授業で疲れたから、少し濃い味付けのものがほしくって」と、それらしい御託を並べて周囲の笑いを誘う。

「やっぱり和食が一番よね」「亜矢さんたら。少し意地悪がすぎる月乃が逃れるように小走りで食堂を出ると、「亜矢さんたら。少し意地悪がすぎるんじゃなくて？」「うふふ、いいのよ。あの子には女中がお似合いだわ」と心ない嘲笑が背に突き刺さった。

そのまま外廊下を通り、裏手の厨房《ちゅうぼう》へ回る。あきらめ半分で中の厨夫に尋ねてみるとやはり、醤油は切らしていた。

「ああもう、こうなったら」

手ぶらで戻ったらなんと嫌味を言われるか。

月乃はどうしても亜矢に逆らえない理由があった。亜矢が本当に醤油を必要としているかはこの際重要ではない。彼女に「醤油を持って来い」と言われたら、ただ言われた通り従うほかないのだ。

月乃は厨房から預かった空の一升瓶を風呂敷に包んで背負《しょ》い込《こ》むと、股の仕切りのない行灯袴《あんどんばかま》姿のまま学園の裏庭に停《と》めてあった自転車に跨《また》がった。

舎監に外出の許可を得ていないが、言いつけるような真似《まね》をしたら後日亜矢たちにどんな報復をされるかわかったものじゃない。

沈みかけの夕日を背に、月乃は海老茶色《デートンいろ》の自転車で学園を飛び出した。

学園の周囲には薔薇《ばら》の生垣が巡らせてあり、ちょうど秋咲きの薔薇が蕾《つぼみ》をつけ始めていた。月乃はその横のゆるやかな坂を、風を従え通り過ぎてゆく。

この生垣は春と秋の年二回、美しく鮮やかな赤い薔薇を咲かせる。そこからこの学《まな》び舎《や》は、憧れと親しみを込めて通称「薔薇学園《ばらがくえん》」と、そしてそこに集う女生徒は制服の袴の色から「御納戸小町《おなんどこまち》」と呼ばれていた。

「薔薇学園のお嬢さんだ」

「御納戸小町だ」

学園の敷地の周囲の小さな森を抜け、川を渡れば通りは舗装された石畳になる。昔ながらの木造家屋と塗り壁のモダンな建築が混在する商店街をまっすぐ突っ切れば、すれ違う人々から羨望の声が聞こえてくる。

月乃は満十七歳。この頃学校は秋始まりが主流で、月乃も今月進級したばかりだ。結流《むすびなが》しの髪を飾る藍色のリボンはきりりと清く、着物は風を通して品良くなびく。全体的に小作りだが顔立ちは愛らしい。何より高価な自転車を颯爽《さっそう》と乗りこなす姿が人目を引いた。女子の中高等教育が未《いま》だ一般的ではないこの国で、薔薇学園とその女学生、御納戸小町は庶民からしてみれば高嶺《たかね》の花なのだ。

だが月乃は得意になるどころか、恥ずかしさでいっぱいだった。

御納戸色の袴は入学して以来何年も買い換えていないものだから、丈が擦り切れた上に短くなってしまっている。近くで見れば着物の綿生地が何度も繕われて薄くなっているのだって一目瞭然だ。御納戸小町ともてはやす人々も、まさか彼女の背負っている風呂敷包みの中身が空の一升瓶だとは思うまい。

とにかくめいっぱい速く走り抜け、商店街の端、店じまいを終えて暖簾《のれん》の外された醤油屋の戸を叩《たた》いた。なんとか頼み込んで一升の醤油を分けてもらい、再び自転車に跨がる頃には――既に日はほとんど西に消え、空は薄紫に染まっていた。

いつの間にか人影もまばらになり、通りにはちらほら軒洋灯《のきランプ》が点《とも》っている。夕刻のあわただしい空気はなりを潜め、辺りは不気味な静けさに包まれていた。

古来よりこのくらいの時刻を「逢魔が時《おうまがとき》」という。昼と夜の間《あわい》に横たわる不吉な時間、他界と現実の境目の刻《とき》だと。

月乃もなんとなく落ち着かない気持ちになって、自転車を漕《こ》ぎながら気を紛らわすことにする。

「Behold her, single in the field,〈あの乙女を見よ、畑の中でひとり働いている〉……」

口ずさむのは英国の詩人、ワーズワースの詩の一節である。

月乃は勉学が好きだ。特に英語の授業は学年でも一番の成績で、趣味の読書も兼ねて学園に置かれている洋書をかたっぱしから読んでいた。しゃこしゃこと軽快な車輪の音に合わせて英文を暗唱すると、背中で瓶いっぱいの醤油が、たぷん、と合いの手を入れた。

「No Nightingale did ever〈ナイチンゲールでさえ〉……」

詩が二番にさしかかったところでふと、先日読んだばかりの別の本でも「ナイチンゲール」という単語を見かけたことを思い出した。

（ナイチンゲールって、鳥の名前よね。『ロミオとジュリエット』にも出てきたわ）

ナイチンゲールとは夜になると美しい声でさえずる鳥らしいが、あいにく日本には生息しない。

（きっとすごく綺麗《きれい》な鳴き声なんでしょうね。いつか私も聞いてみたい……）

外国との交流が盛んになったとはいえ、女子が洋行するのは容易ではない時代だ。その願いが遥《はる》か夢物語にすぎないことは、月乃自身が一番よくわかっていた。

いつの間にか商店街を走り過ぎ、学園と街を隔てる川にさしかかったところだった。ここまで来ると明かりもほとんどなく、周囲はすっかり暗い。

相変わらず考え事をしたまま石橋を渡った月乃は、ちょうど橋の終わり、砕石道の真ん中に大きな石のようなかたまりが転がっていることに直前まで気付けなかった。

「きゃあああああ!?」

行きにはなかったはずの障害物をようやく視認するも、既に遅い。突然道の上に現れた何かを避《よ》けようとした月乃は、操舵《ハンドル》を誤って自転車ごと横倒しになった。

とっさに背中の一升瓶を死守しようとした結果、左腕を砂利《じゃり》雑《ま》じりの地面にこするように打ち付ける。

「いたたたた……」

ずり這《ば》いの姿勢で自転車から離れて、よろよろと上半身を起こす。宵闇に目を凝らして件《くだん》の障害物をよくよく見れば——。

「鳥……？　フクロウ、かしら」

たしかにそれは鳥だった。

大きな石だと思ったかたまりは、翼を生やした毛むくじゃらの生き物だった。カラスくらいの全長で、体毛は灰色がかって饅頭《まんじゅう》のように丸っこい。だが、地に伏したそれは片翼から血を流し、周囲には羽毛が散乱している。

「怪我《けが》してる……！　大丈夫？」

一体何にやられたのか、あれこれ考えるより先に月乃の体は動いていた。

あわてて饅頭、もとい鳥の元に近付きしゃがみこむと、こんもりとした膨らみは上下に動いていた。——まだ呼吸がある。生きている。

「ちょっと待ってね、血を止めないと」

何か包帯代わりになるものはないかと数秒考え、自分の頭を飾るリボンの存在に思い至ったその時。

月乃の背後で、何かが動いた。

「だれ……っ⁉」

しゃがんだまま振り返る月乃の二間《にげん》後方。

それは地に落ちた木立の影が貌《かたち》を持ったようだった。

二本足で立ち、ヒトのように天に垂直に伸びる何か。夕日の名残をわずかに残す紫《し》暗《あん》の空を遮るのは、妖しくゆらめく黒い影。逢魔が時の訪問者というべき異形だった。

「お、お、お化け⁉」

月乃の叫びに「影」は答えなかった。

代わりにのそり、と緩慢な動きで一歩こちらへ近付く。幹のような体が膨らんだかと思うと、みるみると二本の太い枝が生えた。長い腕となったそれは勢い良く振り上げられて、月乃を叩き潰さんとばかりに襲いかかる。

あまりの恐怖に声も出ない。月乃は反射的に饅頭を庇《かば》って抱き、一升瓶を背負ったままの背を丸めた。

「Dein feind ist ich.《お前の相手は俺だ》」

次の瞬間、ぎぃぃぃいぃいぃいん！　と耳障りな金属音が辺りに響いた。

覚悟していたはずの痛みはやってこない。恐る恐る薄目を開けると、月乃の前、影との間を阻むように立つ見知らぬ男の背中があった。

黒の中折れ帽。漆黒の外套《コート》。月乃の眼前の洋靴からはすらりと長い脚が伸びていて、下から見上げた背はかなり高い。

暗闇に同化するように丈長の外套《コート》をはためかすその男は、右手に銀の持ち手のステッキを構えていた。先ほどの反響音はこの杖《つえ》が弾《はじ》かれたものらしい。

「助けて……くれたの……？」

男は言葉を返さない。見向きもしない。代わりにまっすぐ射られた視線の先には、人型の影がゆらゆらと佇《たたず》んでいる。

影は男を敵と認めたのか、間髪入れずに再び襲いかかった。伸びた腕が鞭《むち》のようにしなり、男の杖の柄がそれを受け止める。すると柄に触れた部分が砂のように崩れて消滅した。しかし、すぐにまた新しい腕が生えてくる。

「Scheiße《クソったれ》」

男が舌打ちしたのが聞こえた。たびたび漏れる言葉から、月乃にはどうやら彼が異人──獨帝国の人らしいということだけがわかる。

二度三度と重ねられる攻防を、月乃は男のすぐ後ろで息を殺して見守っていた。そこでふと、先ほどから彼の靴裏が一度も地面から離れていないことに気付く。

(私を庇っているから……?)

男は月乃を背にしたまま、一歩も動かずに影の猛攻をしのいでいたのだ。邪魔にはなりたくないが、今この場を逃げ出そうとするのも得策でないように思えた。

どうしよう。どうすればいい。

ぐるぐると自問自答を繰り返す月乃の背中で、醬油の瓶がたぷんと揺れた。

やがて十以上の打ち合いの末、男の足元で土埃《つちぼこり》が立つ。直立不動の姿勢がわずかに乱れ――だが、その時。

「やぁぁああ!」

「!」

ひるがえった男の外套《コート》の陰から、月乃が飛び出した。いつの間にか両手は一升瓶の底部分を摑《つか》んでいる。そのまま醬油入りのそれを、思いっきり振りかぶって影に叩き付けた。

ばりぃいん!

だが渾身《こんしん》の一撃は黒い靄《もや》をすり抜けて、地面に当たってしまった。重い振動が月乃の両腕を這《は》い上《あ》がり、硝子《ガラス》は粉々に砕け散る。瓶いっぱいの醬油が周囲にあふれて飛び散って、御納戸《おなんど》袴《はかま》と影の身体《からだ》をしこたま濡《ぬ》らした。

助太刀《すけだち》のつもりが完全に裏目に出てしまい、月乃の背筋は凍りつく。そのまま反動で倒れ込みそうになったのを、後ろから男が摑んで引き寄せた。

「いいぞ。霊的存在《ガイスト》に水をもって実体を与えるのは除霊術《エクソルティスムス》の基礎だ」

ところどころ月乃にはわからない単語が交じっているものの、男が口にしたのは流ちょうな日本語だった。

彼は月乃の身体を軽々と片手で抱いてそこから飛《と》び退《の》く。元いた位置に月乃を置き直すと、すぐに振り返ってステッキを影の前に構えた。銀の意匠の持ち手をひねり、すらりと引き抜く。すると黒い杖の柄から、銀色に光る刃《やいば》が現れた。

（仕込み杖《づえ》……！）

その輝きに、月乃はごくりと喉を鳴らした。

廃刀令が公布されて以降、士族の間で仕込み刀を携行するのが流行《はや》った。月乃の実家の謡川家の蔵にも、たしか一本あったはず。

だが男の持つそれは日本の刀とは少し違った。両刃で刀身は細く、斬り落とすためというよりは、刺し貫くための武器に見えた。

そして月乃の想像の通り。

次の刹那、銀の刃は影をまっすぐ穿《うが》っていた。

空気が軋《きし》む嫌な音がして――数秒の後、影はバラバラに砕けて割れる。黒い破片が風にさらわれたかと思うと、すぐに細かい粒子となって辺りの闇に混ざり消えてしまった。月乃はその様を、助け起こした饅頭を抱えたまま見ていた。

「助力に感謝する。怖いもの知らずのお嬢さん」

影が完全に消滅したのを見計らって、剣を元の杖に収める。漆黒の外套《コート》が風になびき、長身痩躯《ちょうしんそうく》の男は一歩進み出ると月乃の目の前に立ちはだかった。

背は六尺（約一八〇センチ）を越えるだろう。改めて目の前に立たれると、黒ずくめの風体も相まって威圧すら感じさせる。月乃は思わず身構えたが、当の男は気にもかけない。優雅な宵の挨拶とばかりに目深にかぶった中折れ帽を右手でひょいと持ち上げてみせると、少しだけ頭を下げた。

そこでようやく、闇に同化していた男の顔かたちが明らかになる。

肩近くまで伸びた髪は、月光を集めて紡いだかのごとき白金。ゆるやかに波打っていて、上半分をざっくりと結っている。灰色の瞳は透き通り、すっと通った鼻筋は象牙の彫刻を思わせた。目つきの鋭さと全体的な色素の薄さも合わさって冷たい印象を抱かせるものの、恐ろしいくらいに整った顔立ちの男だった。

先ほどまでとはまた違った種の畏怖に、月乃は圧倒される。しばらくまじまじと見つめてしまったところで男の目つきが険しくなったので、ようやく我に返った。まだ礼をしていなかったことを思い出し、あわてて頭を下げる。

「こ、こちらこそ、助けてくださってありがとうございます」

「それを返してくれないか」

「えっ？」

杖で示されて自分の胸元を見ると、抱えたままの饅頭毛玉がもぞもぞと動いている。

「あなたが飼い主さん……？」

男が答えるよりも先に、饅頭が翼を広げてばさばさと羽ばたいた。そのまま月乃の腕の中から抜け出して、男の長い腕に飛び移る。短い尾をこちらに向けたまま首だけで振り返るその姿は、やはりフクロウの類いのようだ。感心している間に腕を止まり木代わりにした男が立ち去ろうとしたので、月乃はあわててそれを引き留める。

「あの！　ちょっと待ってください。その子、血が出ているの。――ええと、血。〝Blut〟」

なんとかわかってもらおうと知っている獨語をひねり出すと、男は少し驚いたような顔で振り向いた。遠ざかりかけた背が留《とど》まったので、月乃はひとまず安堵《あんど》する。そのまま躊躇《ちゅうちょ》なく、自分の髪を束ねている藍色のリボンを頭から引き抜いた。

まとめられていた長い黒髪が零《こぼ》れて、はらりと肩を滑り落ちる。

「しばらく何かで縛って止血した方がいいと思います。あと、できれば消毒も」

「君は医者か?」

「いいえ。でも……」

訝《いぶか》しげな男の視線に、月乃はまっすぐ答えた。

「父は医者でした」

より正確に言えば、父の職種は研究医に近かった。月乃が多少の獨語を扱えるのも、本好きが高じて子供の時分から父の書斎で獨語の医学書を読みあさっていたからだ。

父は開業医ではなかったが、貧しい人々を無償で診ていて、屋敷にはいつも人の訪れが絶えなかった。だから月乃は医者の娘として、少なくともその奉仕の精神だけは受け継いでいたかった。

フクロウの片翼に包帯代わりの藍色のリボンが巻き付けられてゆくのを、男はしばらく無言で見下ろしていた。

「はい、できました。後で何か清潔なものと取り替えてあげてくださいね」

「Ja《ああ》……」

最後に両端をぎゅっと縛って笑うと、男から呆《ほう》けたような相づちが打たれる。月乃は満足して頷《うなず》き返し――。

「あーっ！」

すぐに自分の本来の目的を思い出した。

あわてて地面を確認すると、一升瓶は粉々。醤油のほとんどは影を濡らした後一緒に消えてしまい、残ったのは月乃の袴の大きな染みと、点々と砂利に落ちた跡のみだ。

一体なんのために学園を抜け出してきたのか。ものの勢いで醤油瓶を割ってしまったが、自分のやったことなのでどうしようもない。覆水盆に返らず、である。

亜矢の罵倒を覚悟して、月乃はがっくりとうなだれた。

そうこうしている間にも夜の気配は濃さを増してゆき、西の空には星が瞬《またた》いている。

「帰らないと……！」

あわてて倒れていた自転車を起こし跨がる。どうやら転んだ際にどこかが曲がってしまったらしく、漕いでみるとギッギッと胎輪《タイヤ》がこすれる音がした。

「本当にどうもありがとうございました。ごきげんよう！」

それでもかまわず、踏み板《ペダル》に体重をかける。月乃はぺこりと頭を下げると、あっという間にその場から走り去ってしまった。

「〈変な女だ〉」

ギッギッギッと滑稽な音が遠ざかっていく方へ、獨語の呆《あき》れ声がこぼれた。

腕に止まらせた相棒が「命の恩人に対しあんまりだ」とばかりにばさばさと羽ばたきで抗議するので、ひとりと一羽は互いに顔を見合わせる。その際、翼の動きに合わせて揺れたリボンの端に小さく白糸で縫い取りがされているのが男の目に入った。

《TSUKINO.U》

それは今し方去ったばかりの奇妙な少女の名前。

怯《おび》えていたかと思えば勇敢で、利発かと思えばどこか間が抜けている。笑ったかと思えば驚き、すぐに泣きそうな顔に変わって——。

「ツキノ。……ウタガワ……？」

驚きの色がにじんだつぶやきは、誰に届くこともなく夜の空気に溶けた。

その後、学園に戻った月乃はたいそうひどい目に遭った。

まず、裏門に仁王立ちで待ち構えていた舎監に見つかった。普段ならこの時間に彼女が寮の外にいることはないので、亜矢が告げ口したのかもしれない。

無許可で外出したことをさんざん説教され、「学園長とご実家に報告します」とまで言われてしまった。「それだけは」と食い下がったが、学園を抜け出した本当の理由はついぞ口にできなかった。

這々《ほうほう》の体《てい》で寮に帰ると、今度は亜矢とその取り巻きたちが勢揃《せいぞろ》いしていた。

「本当に愚図なお義姉様。お遣いすら満足にできないなんて」

「ねえ、どうして醬油まみれでいらっしゃるの？」

「いやだわ。においが移りそう」

取り囲まれて逃げ道を塞がれ、臭い臭い、とさんざん笑いものにされた挙句、ついには廊下の端にある狭い掃除用具入れに閉じ込められてしまった。

ようやく抜け出すことができたのは、寮で同室の千代《ちよ》に助けられた約一時間後のことである。

「千代ちゃん、ありがとう」

「まったく、本当に陰湿な方たちだこと」

部屋に戻った月乃が丁寧に頭を下げると、寝台《ベッド》の端に座った千代は怒りの収まらない様子で柳眉を逆立てた。

千代はこの学園で、唯一と言ってもいい月乃の親友だ。

入学当初はもっとたくさん友達がいた。だが亜矢のいじめが悪化してからは、皆巻き添えを恐れて月乃と距離を置いている。時折気遣いの言葉をかけてくれる子もいるけれど、中には亜矢と一緒になって嫌がらせをする子もいる。

そんな中でただ千代だけが、亜矢たちに加担せず、いつもさりげなく月乃を助けてくれる。彼女は子爵家——つまり華族の令嬢なので、気の強い亜矢もおいそれと手出しできないのだ。

「まるで新貞羅《シンデレラ》の義姉《あね》よね」

少し前に新聞に掲載された西洋物語を引き合いに出し、千代は絞りの袖で口元を隠すと上品に笑った。

千代は不思議な娘だ。

歳《とし》は月乃と同じ数え十九（満十七）だが、一年遅れで亜矢と一緒に入学した月乃とは違い、級はひとつ上。髪は豊かで艶《つや》があり、大人っぽい雰囲気の少女だ。他の女学生たちが皆束髪と呼ばれる洋風の結髪でお洒落《しゃれ》を競う中、彼女はただ黒髪に櫛《くし》を通すだけ。それだけで十分美しいのだ。まるで平安のお姫様のようだと月乃は思う。

それにひきかえ自分はどうだ。

着ているものは貧相で、髪の手入れも十分とは言いがたい。体つきも薄べったくて、女性らしい肉感に欠けている。寮なので食事は三食あるが、時折亜矢の意地悪で食卓に着けないことがある。結局、先ほどの夕飯も食べ損ねてしまった。

「月乃ちゃんは可愛《かわい》いわ。他の誰よりも。亜矢さんはあなたに嫉妬してるのよ」

「そう、かな」

「そうよ」

千代は同い年とは思えない艶《あで》やかさで微笑《ほほえ》むと、ぼさぼさになっていた月乃の髪を美しい蒔絵《まきえ》のつげ櫛で梳《す》いてくれる。「あなたは可愛い」だなんて、亡くなった実の両親以外にそんなことを言ってくれるのは千代だけだ。

「ところで月乃ちゃん。お母様の形見のリボンはどうなさったの」

「あ、うん。ちょっと……人に貸してしまったの」

「まあ」

月乃の頭を飾っていた藍色の絹のリボン。それは月乃が幼い頃に亡くなった母から贈られた形見の品だった。

千代を心配させまいとする手前「貸した」とは言ったものの、例の名も知らぬ異人と再び出会う可能性は限りなく低い。包帯代わりにしたリボンも、きっと返ってこないだろう。

だがあれは、必要な処置だったのだ。月乃はそう納得していたし、一抹のさみしさはあれど後悔はしていなかった。

他にも母の形見というべき着物や装飾品は数多くあったが、ほとんどが後妻である義母と連れ子の亜矢に取られてしまっている。

「袴の汚れは綺麗に落ちた？」

鏡台の前に行儀良く座った月乃の髪を解きつつ、千代は窓辺の衣紋掛《えもんか》けに干されている御納戸袴を見た。

「なんとか……。でも水洗いしたから、明日までに乾かないかもしれない」

「あら、困ったわね。明日着るものがないじゃない。あたしのお下がりが残っていれば、貸してさしあげられたのだけど……」

「ありがとう。でも、しょうがないわ。明日は袴は穿《は》かず、着物だけで過ごせばいいのよ」

苦笑いする月乃を鏡越しに見て、千代はもう一度干された袴に視線を移した。

唐縮緬《メリンス》製の袴は一生懸命水を絞ったからか、皺《しわ》になってしまっている。何度も繕われた裾もだいぶ擦り切れてきていて、もはや修繕も限界と思われた。

「あまり言いたくはないのだけど……。その袴、さすがにそろそろ買い換え時なんじゃあないかしら。御納戸袴は制服なんだから、学用品でしょう。『ミスターK』にお願いするわけにはいかないの？」

千代の言葉に、笑っていた月乃の顔が途端に強張《こわば》った。

「だめよ。ミスターKには、頼めない」

ミスターK。

それは、月乃にとって特別な名だった。

二年前、獨帝国に国費留学していた父が渡航先で亡くなった。遺体は現地で葬られ、謡川家には月乃と義母、義妹の亜矢が遺《のこ》された。元々義母らは月乃を邪険にしていたが、父の死をきっかけにそれは苛烈さを増した。

形だけの葬儀が終わってすぐ、「あんたに学費は出せないから辞めろ、嫁に行くか暇を出した女中の代わりに謡川家の下女として働くか選べ」と義母に迫られた。

最期の対面すら叶《かな》わず、異国で志半ばで亡くなった父。死の実感が湧かない中、喪も明けないうちから結婚の話を持ち出されるのはつらかった。

何より義母が提示した相手はどれも月乃と親子以上に年が離れた男だった。裕福な商家の者ばかりで、中には堂々と「妾《めかけ》に」とのたまう者まである始末。皆月乃の若さと「士族の娘」という肩書きを金で買うつもりなのがありありとわかった。

だがそれを断ったら、一生義母と亜矢に女中のように使われなくてはならない。

そんな時、匿名で月乃の学費の援助を申し出たのがミスターKだった。

学園長は彼の名を知っているらしかったが、月乃には知らされなかった。ただ一枚、月乃宛ての申し言《メッセージ》だというものを学園長がちらりとだけ見せてくれた。

《アナタノファンヨリ》

郵便局員の代筆である筆書きで、電報の送達紙にはそう書かれていた。盗み見た学園長の机の上の書類から、その篤志家の名の頭文字がKだということだけがわかった。以来月乃は彼——男性だということすら仮定ではあるものの——を、「ミスターK」と呼んでいる。

「ミスターKは、私の大切な人よ。彼は決して安くはない私の学費を援助してくださってる。それがどんなに幸運で、私が感謝していることか……。それにね、彼が私にくださったのは、お金だけじゃないの。私を見守ってくれる方がこの世のどこかにいるんだという、何にも代えがたい喜びよ」

ミスターKがくれた唯一の言葉、「ファン」という語の意味を月乃は当初知らなかった。千代に尋ねたところ、「堂摺連《どうするれん》のようなものでなくって？」と返ってくる。

堂摺連とは、当時大人気だった女義太夫《ぎだゆう》の熱狂的な追っかけのことだ。

　一体ミスターKがどこで月乃のことを知り、彼女の何を気に入ってくれたのかはわからない。それでもたった九文字のミスターKの言葉が、「ありのままでいいんだよ」と自分を励ましてくれている気がして——。

　それが今の月乃の、生きる支えだった。

　そんな大恩あるミスターKに、学費以上の金を無心することなどできるはずがない。そもそも月乃が毎月欠かさず書いている手紙にも、返事が来たことは一度もないのだ。

「まるで恋する乙女ね」

「ふふ。そうよ。私、ミスターKに恋しているの」

「顔も名前も知らないのに？」

「そうね、もし彼が皺だらけのおじいさんでも——私の気持ちは、きっと変わらない」

(お義母様《かあさま》の勧めた年かさの男たちには辟易《へきえき》していたくせに、ミスターKならおじいさんでもいいだなんて)

　自分でもたいがい矛盾していると思ったが、月乃は恋とはきっとそういうものなのだと開き直っていた。もちろん、それが恋に恋する未成熟な感情だと、わかっていたけれど。

《拝啓　ミスターK
風が涼しくなってまゐりましたが、つ、がなくお過ごしでせうか。私は万事健康に御座います。此頃《このごろ》、学園の生垣の薔薇に蕾が付いて居《お》りました。間もなく辺りは真っ赤な薔薇に囲まれて、素晴らしい芳香に包まれることでせう――》

遥か昔に父が買ってくれた異国製の水絵の具は、使い古して残りはわずか。月乃はその貴重な画材を、今はミスターKの手紙に添える季節の鳥や花の絵を描く時にだけ、大切に大切に使っていた。

たとえ返事は来なくとも、月乃の見聞きしたものが「ファン」を公言する彼の心に小さなあたたかさをもたらすことを信じて。

(次回の手紙には、咲いた薔薇の花びらを添えよう。華やかな香りが、ミスターKに少しでも届くように)

そうして今夜も、月乃はミスターKに手紙を書く。

◇◇◇

月乃が舎監を通じて学園長室へ呼び出しを受けたのは、翌朝の朝食の席でのことだった。

理由はもちろん、昨日の無断外出。加えて、やむにやまれず使った亜矢の高価な自転車を壊してしまったことも問題になっているようだ。

義母も呼び出されていると知って、月乃は深いため息をついた。謡川家の屋敷はこの学園から目と鼻の先にあるが、できるだけ帰省を避けているので直接顔を合わせるのは久しぶりだ。

義母はとにかく昔から、月乃のことが憎らしくてしょうがないらしい。もし今回のことが原因で学園を辞めさせられるなんてことになったら――。

月乃は朝から生きた心地がしなかった。

「呼び出しだなんて、一体何をなさったのかしら。妹として恥ずかしいわ」

少し離れた席で、亜矢がいけしゃあしゃあと言い放つ。取り巻きの娘たちも便乗して嫌味を並べ立てた。

「ふふっ。それにしても月乃さん、袴はどうしたのかしら」

「あらやだ。御納戸小町が御納戸袴も穿いていないなんて」

「袴も満足に揃《そろ》えられないような方が、どうしてこの学園にいらっしゃるの？」

結局、昨日月乃の洗った袴は乾かなかった。今日一日は着物だけで過ごすしかないのだが、持っている物はどれも粗末な状態で制服の袴がないととても士族の令嬢には見えない。同級生たちの嘲笑を、月乃は黙って白米と一緒に呑《の》み込《こ》んだ。

「貴女《あなた》たち。食事の席でぺらぺらと口を開くのはつつしんだ方がよくてよ」

隣に座っていた千代が、先に食事を終えてすっと立ち上がる。静かな声だったが、不思議な迫力があって亜矢たちは黙り込んだ。

「何よあの女。卒業面《そつぎょうづら》のくせに……」

食堂を出て行く千代の背中に、亜矢が憎々しげにつぶやいた。

この学園は尋常小学校での義務教育を終えた良家の子女が集う私学校だ。しかし五年間の学園生活をまっとうして卒業する者はとても少ない。なぜなら大抵の娘は在学期間中に縁談が決まり、中退してしまうからだ。

そんな中、千代はこの秋から最上級生になったばかり。「卒業面」とはつまり、「卒業するまで嫁の貰《もら》い手《て》のない不細工」という隠語である。

(千代ちゃんは他の誰よりも綺麗だわ!)

月乃は怒りの言葉が喉まで出かかったが、当の千代はいつも何を言われても飄々《ひょうひょう》としているので、あえて波風を立てまいとぐっとこらえた。

色々な感情がせめぎ合って味のしない食事をお茶で流し込み、月乃は重い足取りで学園長室に向かった。学園長室は学舎の二階の一番奥、立派な紫檀《したん》の扉の向こうである。

扉の前で少し尻込みしたが、待たせれば状況はそれだけ悪くなる。数度の深呼吸の末、覚悟を決めて扉を叩いた。

「入りたまえ」

中からの声に促されて入室すると、立派な調度品に囲まれた室内にはカイゼル髭《ひげ》をたくわえた五十がらみの男——学園長と、革張りの長椅子《ソファ》に座る義母がいた。

義母はいつも通り丸髷《まるまげ》を隙なくまとめ、いかにも上品な婦人といった身なりである。だが彼女の装いを際立たせている翡翠《ひすい》の帯留めは、亡き母の持ち物だったものだ。

(他の装飾品もせめて、売られずに残っていてくれればいいのだけど……)

父が獨帝国に発《た》ったのは、月乃と亜矢がこの学園に入学するのと同じ年だった。ふたりの入学先に寄宿学校を選んだのは、家長が不在の間不自由しないようにという父なりの配慮だったろう。

しかし蓋を開けてみれば、義母は月乃にろくな入学準備を整えなかった。綺麗な着物はすべて亜矢に取られて、丈の短い着古しばかりを押し付けられた。

父が屋敷からいなくなった途端に義母が家捜しのように母の形見を奪っていったことを思い出して、月乃の胸は締め付けられた。

「謡川月乃くん。君は昨日、舎監の須藤《すどう》女史の許可を得ず外出し、さらに妹の亜矢くんの自転車を無断で借用して壊した。相違ないかね？」

「……はい……」

そもそも外出のきっかけは亜矢に醤油を買いに行かされたことだ。帰り道でたまたま傷ついたフクロウを見つけ、避けようとして転倒した。さらに謎の黒い影に襲われて、見知らぬ異人男性に助けられて……。

そんな荒唐無稽な言い訳、話したところで信じてもらえるわけがない。

「学園の本懐たる良妻賢母にあるまじき振る舞いよ。まったく、お恥ずかしいったらないわ」

義母は元々吊《つ》り上《あ》がった目をさらに吊り上げて月乃を睨《にら》んだ。執務机の向こうに立つ学園長はふむ、と己の髭を弄ぶ。

「本当に困ったものですな。過去にも学園を無断で抜け出して、あろうことか男子と逢《あ》い引《び》きしていた者があったのです。もちろん、その者は退学になりましたが」

「わ、私は誰かと会ったりはしていません！」

「では何をしていたのかね」

「……生垣の薔薇が、蕾を付けていたので……。自転車に乗って見て回ったら、さぞ良《い》い心地がするだろうと思いました」

苦しい弁解だとわかってはいるが、他に言いようがなかった。

義母と亜矢の機嫌を損ねてこの学園を退学させられてしまうこと、それが月乃の泣きどころであり、ふたりに逆らえない理由だった。

月乃がこの学園に在籍できる期間。それは彼女に与えられた最後の自由だ。ここを去ったら、月乃は結納金《ゆいのうきん》目当てに嫁がされる――ならまだ良い方だ。今後一生謡川家で下女として過ごすことになるか、もしくは食《く》い扶持《ぶち》すら与える価値がないと寒空に放り出される可能性すらあった。

二年前、父の訃報を聞かされた冬の夜。父の書斎机にすがって泣くのをただ「うるさい」という理由だけで引き剝がされ、裸足《はだし》のまま庭の蔵に閉じ込められた。

あの晩外は雪が降っていて、庭の池が凍るほどの寒さだった。翌朝屋敷を訪れた幼なじみに助け出されなかったら、月乃は凍死していただろう。

いや、もしくは義母は本当に月乃を殺すつもりだったのかもしれない。

謡川家はもはや月乃にとって安らぎの場所ではなくなったのだと、強烈に刻み込まれた出来事だった。

（いいえ、そんなことよりも――）

自分の身の心配ばかりが頭をよぎって、月乃はかぶりを振った。

そんなことより。もしも今ここで退学になったら、これまで援助してくれたミスターKになんと説明すればいいのか。

月乃は彼に失望されることが何より恐ろしかった。

「――申し訳ありませんでした」

今求められているのは謝罪だ。月乃はその場で土足の床に膝を折ると、美しい所作で正座をした。そのまま板張りに指を揃えてつき、頭を下げる。

「どのような罰も受けます。ですから退学の沙汰だけは、どうかご容赦ください」

いつかは月乃もここを卒業し、去らねばならない。でもまだしばらくは、ミスターKが「ファン」だと言ってくれた、あるがままの――純粋に学ぶことが好きな自分でいたかった。

そのためならば、どんな苦難もいとわない。

わずかに開けてあった窓から風が入り込み、部屋の空気がそよいだ。まっすぐ腰を折る月乃の凜《りん》とした気迫に、学園長も義母もしばし押し黙る。

「ま、まあ、本人もこのように言っとりますから……。特別に、今回は反省文と学舎の掃除で放免としましょう」

学園長がおおげさに胸を張り、裁きを申し伝える。義母は手ぬるい処分に反発するかと思いきや、なぜかぺこぺこと頭を下げて調子を合わせ始めた。

「ええ、ええ、そうですね。本当はこんな娘、学を付けさせても生意気になるだけなんですけれど。だけどええ、学園長の寛大なご配慮に感謝しなくては。――ご寄付もいただいていることですし」

ふたりの言いぶりにわずかに違和感を抱いたものの、追及はしなかった。月乃は立ち上がって着物の裾を払うと、もう一度深々と頭を下げる。

「ありがとうございます。……あの、学園長」

「なんだね」

「ミスターK……あ、いえ。援助者の方に手紙を書いたんです。いつものように届けていただけますか」

毎月の手紙は、すべて学園長を通じてミスターKに送ってもらっている。

月乃が懐から白い封筒を取り出すと、学園長は髭の先をねじりつつぞんざいに顎で執務机を示した。

「あー、うん。そこに置いておいてくれ」

なんとか窮地を切り抜け、手紙を預けるという目的も達して月乃はひそかに安堵した。

そろそろ一時間目の授業に向かわなければならないので、断って退室する。扉を閉める際に今一度頭を下げると、一緒に部屋を出た義母はフン、と鼻を鳴らした。

「月乃。あんたは亜矢と違って愛嬌《あいきょう》も取り柄もないの。どうせなんの役にも立ちゃしないんだから、せいぜい掃除の仕方でも身につけておきなさいよね。そしたら掃除婦くらいにはなれるでしょ？」

「……はい……」

この学園を去る時が、きっと本当の絶望の始まりだ。

けれどまだ、ミスターKの与えてくれた心のともしびは消えてはいない。

(どんな逆境でも、私は私らしくいるだけだわ)

月乃は今にも零れそうな弱気を戒めて、まっすぐ前を向いた。玄関まで義母を見送ると、すぐさま踵《きびす》を返《かえ》す。

今日の一時間目は英語だ。月乃の一番好きな科目で、何より本日からお雇いの外国人講師が着任するのだと知らされていた。

(初日から遅刻して心証を悪くしては大変だもの)

やむをえず、教師に見つかったらお小言間違いなしの小走りで廊下を駆け抜けた。

だが、ようやくたどり着いた目的の教室は戸が閉め切られていた。引き手に手をかけるも、中から鍵がかけられているらしくどうがんばっても開かない。

「あの！　謡川月乃です。入れてください！」

焦ってドンドンと戸を叩くと、中から亜矢たちの笑い声がした。

「だめよ！　制服の袴を穿いていない方は入室させられないわ」

「教室にみすぼらしい身なりの方がいたら、新しい先生に学園の品格を疑われてしまうもの。そのまま廊下で授業を聞いたらいかが？」

「門前にさえ立っていれば、習わないお経も読めるようになるって昔から言うわよね」

「入れて！　お願い！」

必死に懇願するも、返ってくるのは嘲笑ばかり。それでもなんとか戸を開けようとあがいていると、不意に月乃の背後から長い腕が伸びた。

「Ah? ……Quatsch《ばかばかしい》」

その獨語のつぶやきに、月乃は聞き覚えがあった。

「あ、あなたは……」

月乃は信じられないものを見る目つきでその人物を見上げた。彼女の後ろから教室の引き戸に手をかけるのは、長身痩軀の男だった。

無造作に束ねられた白金の髪。長いまつげに縁取られた灰色の瞳。見間違えるはずもない。昨日月乃を助けた異人である。黒地に縦縞《ストライプ》の洋袴《ズボン》と共布の胴着《ベスト》を身に着け、シャツは濃灰でネクタイは臙脂《えんじ》。上着は着ていないが、ひと目で上質とわかる整った洋装だった。

男はちらりとだけ月乃を一瞥《いちべつ》すると、白蝶貝《しろちょうがい》のカフスが塡《は》められた腕で引き戸を叩いた。そのまま戸の向こうへ芝居がかった口調で語りかける。

「ごきげんよう、薔薇学園のお嬢さん方。どうかこの哀れな男に、ひと目相見《あいまみ》える栄誉をいただけませんか？」

流ちょうな日本語だった。まるで戯曲の一場面のような歯の浮く台詞《せりふ》。女を誘い出す甘ったるい声音。だが足元の革靴はイライラと床を叩いているのを見て、これは男の猫かぶり——もとい社交術なのだ、と月乃は瞬時に察する。

　やがてカチリと申し訳なさそうな音がして、中から引き戸が開かれた。

　男はすかさず月乃の腰を抱き、颯爽と教室に乗り込む。その瞬間、室内は黄色い悲鳴に包まれた。

「Hello, ladies. It's my pleasure finally meeting you all.《はじめまして、お嬢さん方。ようやくお目にかかれて光栄です》」

　男は月乃を置いて教壇に上がると、晴れやかな笑みで英語で挨拶した。やはりまた悲鳴が上がる。何せ恐ろしいほど顔が良い。

「私はフリッツ・イェーガー。今日からこの学園で英語講師を務めます」

　自己紹介は日本語で。昨夜月乃と相対した時のややつっけんどんな態度とは打って変わって、さわやかな紳士ぶりである。

（この人、獨国人じゃなかったのかしら……）

　昨日の話しぶりからすると、獨語が母語のようだったが。教壇の脇から冷静に観察していると、突然男——フリッツ・イェーガーがこちらを見た。

「ミス謡川月乃、早く席に着きなさい」

　いきなり名前を呼ばれてびく、と肩が浮く。促されるまま自分の席に戻ろうとすると、亜矢が勢い良く挙手をした。

「あの！　みすた・いえーがー」

そのまま一言奏上とばかりに立ち上がる。どうやら月乃が授業に加わるのが気にくわないらしい。この状況で何か物申そうとするなんて度胸があるな、と月乃は逆に感心してしまった。

「その人は、この学園にふさわしい装いをしていません。薔薇学園の品位を害する、ここで学ぶ資格のない方です」

「ほう」

亜矢にそう指摘されて、フリッツは月乃の全身を上から下まで不躾《ぶしつけ》に見た。月乃は情けなくて恥ずかしくて、縞《しま》模様の消えかかった綿の袖をぎゅっと摑む。

フリッツはやがて視線を前方に戻すと、教卓に手をつきハア、と大きく嘆息した。

「Behold the fowls of the air.〈空の鳥を見なさい〉」

「？」

突然とも思える言葉だった。亜矢も他の生徒たちも意図を理解できず、何人かは言葉通り部屋の天井や窓の外を見た。

「この言葉の意味を知る方は？　この続きのわかる方は？」

教室がしん、と静まりかえる。フリッツが生徒を見回すと、ただひとり教壇の下の月乃だけがおずおずと右手を挙げていた。

「ミス謡川月乃、答えなさい」

「はい。それは、馬太《マタイ》傳《でん》福音書に在る言葉……だと思います」

「ではその前後三節を唱えてみなさい」

月乃は言われるまま、聖書のかかる節をすらすらと暗唱する。緊張しているのか少し声はうわずっていたが、淀《よど》みなく美しい英語だった。

「Correct.《正解だ》――では、その意味するところは？」

灰の瞳が挑戦的な色彩を帯びて月乃を射抜く。

だが月乃は恐れなかった。その問いが、月乃を助けるためのものだとわかっていたから。教室中の視線にたじろぐことなく、ただまっすぐ彼の目だけを見つめ返す。

「命こそが何よりも尊く、着るものや食べるものに頓着してはいけない、ということです」

フリッツは回答に満足したのか、にやりと口の端を持ち上げる。そのままおおげさに頷いて、前方の亜矢に語りかけた。

「――つまり、人の見た目についてあれこれ口さがないのは馬鹿馬鹿しいということです」

「でも！」

なおも亜矢は食い下がる。フリッツがチッと小さく舌打ちしたのを、側《そば》にいた月乃はたしかに聞いた。

「では別の言葉を借りましょう。〝Under a ragged coat lies wisdom.《人を見た目で判断するな》〟。おわかりいただけましたか？　ミス謡川亜矢」

「………」

「理解していただけたようでうれしいです」

無理矢理話を切り上げ、にっこりと微笑む。すると怒りに顔を赤くしていた亜矢が、また別の意味で赤くなった。

この日を境に、学内では洋書を携行するのがにわかに流行った。なんとか麗しき新任英語講師フリッツ・イェーガーの目に留まろうと皆が皆熱心に英語の勉強を始めて、英語の得意な月乃は学内で質問されることが増えた。

するとそのうち、しばらく口をきいていなかったかつての友人たちもそれに交じるようになる。千代は「日和見だ」と憤っていたが、月乃は特に対応を変えることなく、ひとつひとつ親切に答えた。

亜矢たちも、少なくとも人前では堂々と服装について揶揄《やゆ》することはなくなった。

（ミスター・イェーガー……。不思議な人だわ）

月乃がフリッツ・イェーガーに聞きたいことは山ほどあった。

あの黒い影はなんだったの？

手当てしたフクロウは無事回復したのかしら？

そもそもあなたは何者なの――と。

だが肝心のフリッツは始終女生徒たちに囲まれていて、なかなか話しかける隙が生まれない。そのうち本人も煩わしくなったのか、授業が終わるとさっさとどこかへ消えてしまうようになった。校舎の中は常に誰かがミスター・イェーガーを探している状態だ。

そんな状況で月乃がようやく彼を見つけることができたのは、週を跨いでからのことだった。

そこは学園の裏庭である日本庭園のさらに奥。連なった椿《つばき》の植え込みの向こうに、周囲から目に付かない塩梅《あんばい》で木製の長椅子《ベンチ》が一台置かれている。庭師が休憩するためのその場所で、フリッツは気だるげに紙巻煙草《シガレット》をくゆらせていた。

「ミスター・イェーガー、吸い過ぎは身体に良くありませんよ」

男は両腕を長椅子《ベンチ》の背もたれに広げて占領し、長い脚を組んで投げ出している。後ろから話しかけると、背中越しにわずかにこちらを見た。

「この状況で吸わずにいられるか？　どいつもこいつもところかまわず追い回しやがって……。この国の女性は皆、野百合《のゆり》のように慎《つつ》ましいと聞いていたんだがな」

ハァ、と長いため息と共に紫煙を吐き出す。

やはりこちらのぶっきらぼうな態度がこの男の素のようだ。月乃に対しては紳士の仮面を被《かぶ》るつもりもないらしい。

「先日はありがとうございました」

月乃がぺこりと頭を下げると、面倒くさそうに煙草《たばこ》を持つ左手を振ってみせる。

「ああ、あの情熱的な夜のことか？　早く忘れろ」

わざと茶化して月乃をからかおうとしたようだったが、箱入りの士族令嬢に艶っぽい冗談が伝わるはずもなく、月乃はわずかに首を傾《かし》げるだけだった。

「いえ、それもありますけど……。どちらかというと、初日の授業のことです」

「は？」

「聖書を引用して、見た目にわずらわされてはいけないと説いてくださいました。あれ以来、皆《みんな》の前で服装について嘲《わら》笑われることが減ったので……」

「ああ……」

男はだいぶ短くなった煙草をもう一度だけ吸うと、上空に向かって吐き出した。口元に手をやるだけの何気ない動作すら、妙な色気を醸し出す。そのまま先の尖《とが》った革靴で火を踏み消して、平然とこう答えた。

「あれは建前だ」

「えっ？」

「人間の価値を決めるのは見た目がほぼすべてだ。覚えておけ」

あまりの歯に衣着《きぬき》せぬ物言いに、月乃は言葉を失った。

この男は亜矢たちの嫌がらせから月乃を庇ってくれた。これまで大抵の教師が見て見ぬふりをしていた問題をばっさりと切って捨て、それもただ感情的に叱るのではなく、教え諭してくれた。なんて素晴らしい人格者だと尊敬の念すら抱いたのに。

驚き呆れて口をぱくぱくさせている月乃に、フリッツはぞんざいに人差し指を折り曲げてみせる。こっちへ来いという合図のようだ。隣に座ると、背もたれに頬杖《ほおづえ》をつきながら懇切丁寧に世の無常さについて説き始めた。

「至極簡単な理屈だ。派手な身なりをしていれば軽薄に見える。質素にしていれば勤勉に。物乞いの恰好《かっこう》をしていれば物乞いに見える。大抵の奴《やつ》は人の外見ばかりに気を取られて、その者の中身や本質など見ちゃいない」

「そんな人ばかりじゃないと……思います」

「そうか？　俺が英国製のスーツを着て英国英語《クイーンズ・イングリッシュ》でしゃべったら、学園の連中は誰も俺が何者かなんて疑わなかったようだが？」

「…………」

彼の言う通りだった。それでもやはり、腑《ふ》には落ちない。

むう、と口を尖らせた月乃の横で、フリッツは燐寸箱《マッチばこ》を取り出して二本目の煙草に火を点《つ》ける。たっぷり間を取って煙を吸い込むと、明後日《あさって》の方向へ吐き出した。

「まあ、君は俺を疑っているみたいだがね」

「う、疑っているわけじゃありません。ちょっと……疑問に思っているだけです」

「〈何を知りたいんだ？〉」

突然、獨語で問いかけられた。月乃が驚いて見上げると、灰色の瞳がまっすぐこちらを見ている。羽毛のようなまつげに縁取られたそれは冷たく透き通っていて、そのまま引き込まれそうな錯覚を受けた。

「〈あなたは、何者なんですか？〉」

意を決し、知りうる限りの獨語の語彙を総動員する。月乃は獨語はかろうじて聞き取れるものの、しゃべりはあまり得手ではない。

「〈俺はフリッツ・イェーガー。それ以上でもそれ以下でもない〉」

「そういうことでなく！」

思わず日本語で突っ込んでしまい、あわてて呼吸を落ち着ける。

「〈あなたは何か目的があってこの学園にいらしたのでは？〉」

「〈なぜそう思う〉」

「…………直感、です」

もはや取り繕えず、月乃はあきらめて日本語で答えた。フリッツは吐き出す紫煙で月乃の問いを一蹴する。そのまま彼女の耳元に顔を近付け獨語でささやいた。

「〈あいにく、プライベートな話はベッドの中でしかしない主義でね〉」

「えっ、それじゃあ困ります。自慢じゃないですけど私、お布団に入ったら十数えるうちに眠ってしまうので！」

誘惑めいた戯言《ざれごと》にだいぶ頓珍漢な答えを返しつつ、月乃は耳にかかる吐息から逃れようとした。思いきりかぶりを振ると、今度は互いの鼻先が今にも触れ合いそうなくらい近付いてしまう。

一瞬、呼吸をするのも忘れて見つめ合った。固まったフリッツの手から、ぽたりと灰が地面に落ちる。

するとやがて、美しい男は肩を震わせて笑い出した。

「わ、わたし、何か聞き違いをしましたか？」

獨語を間違って解釈してしまったのかとおろおろし始めた月乃を見て、フリッツはなおさらおかしそうに笑った。

「いいや。想像通りで安心したさ──〝Selene《セレーネー》〟」

何が想像通りなのか、最後の単語の意味はなんなのか、月乃にはわからなかった。

フリッツはひとしきり笑い終えたかと思うと、不意に真面目な顔に戻る。そして声の調子を一段落とした。

「俺は帝国陸軍に雇われた『悪魔殺し《デモントーター》』だ」

「でもん……とーたー？」

「人に仇《あだ》なす怪異を殺す者だ」

怪異。殺す。

日常では聞き慣れない単語に、月乃は目を瞬《まばた》かせた。

「怪異、とは……。この間の影のお化けのようなものですか？」

ああ、と男は頷いた。

「悪魔、妖怪、もののけ、あやかし――。この国には人ならぬ怪異を表す言葉がずいぶんと多くある。それだけ怪異が身近な存在だということだろう。実際、帝都でも町中や道端のそこかしこに名もなき怪異を鎮めるための石碑やら社だのがある」

言われてみればたしかにそうかもしれない。この国の人間にとっては見慣れた景色も、異人のフリッツの目には奇妙に映るということだろうか。

「この国では古来から怪異と共存し、現実と霊的世界の境を曖昧にすることで表向きの平和を保っていた。だが開国によってその均衡が崩れてしまったのだろう。ここ二十年で怪異の動きが活発になったと聞いている。さらに諸外国から未知の怪異が流入するようになって、新政府は対応に頭を悩ませているそうだ」

「それであなたが雇われた、ということですか……？」

フリッツは肯定の代わりに目だけで微笑んだ。

文明開化がこの国にもたらしたのは、華やかな文化や先進的な技術だけではなかった。それは月乃にしてみればあまりに突飛な話だったが、先日実際に怪異を滅する彼を目撃しているのだから信じるほかない。

次第に「とんでもないことを聞いてしまった」という念が湧いてきて、月乃はあわてて周囲を見回した。当然他に人の気配はない。

「そのような方がなぜ、わざわざ英語講師としてこの学園にいらっしゃったんですか？」

「依頼の一環だ。公には伏せられているが、この学園の周辺でここ一年で四件、怪異の仕業と思われる事件が発生している。――そのうち一件は先週起こった」

「……！　それって」

先週起こった、怪異による事件。それはまさに、月乃があの日遭遇した黒い影が関係しているのではないか。だが件の影は目の前の男が既に消し去っている。それとも、他の脅威が存在するというのか――。

「まあ、その話は追々してやろう。……それより」

フリッツは後ろ向きに煙を吐き切って、それから改めて口を開いた。

「君の話も聞きたいんだが？　月乃」

「えっ？」

不意に名前を呼ばれて驚く。月乃が見上げると、フリッツの灰色の瞳が何かを見定めんとするかのようにじっとこちらを見ていた。

「学園長に聞いたところによると、君は何某《なにぼう》とかいう人物から多額の資金援助を受けているそうじゃないか。そのボロ雑巾……いや、清貧を絵に描いたような着物《ふく》はなんだ。趣味か？」

今日の月乃の着物は、何度も洗いすぎて小花柄がかすれてしまっている。ずばり指摘されて、言葉に詰まった。「人は見た目がほぼすべて」。そう言い切った男からしてみたら、自分はどれほど貧しく思われていることだろうと。

しかし今さら狼狽《うろた》えたところで現状は変わらない。何より、ミスターKの援助が不足しているなどと思われたくはなかった。

「たしかに、ミスターKには多額の学費を援助していただいています。女子教育が行き届いているとは言いがたいこの国で、幸運にも学ばせていただいていること、本当に感謝しています。ですから、これ以上を望んでは罰が当たります」

「ミスターK？」

「名前を知らないので……。勝手にそう呼んでいるだけです」

さぞ馬鹿にした台詞が返ってくるかと思いきや、フリッツは「ふうん」とつまらなそうに煙を吐くだけだった。

「――そろそろ次の授業の時間だな」

そう言って洋袴《ズボン》の衣嚢《ポケット》から懐中時計を取り出してみせたので、月乃はあわてて立ち上がった。そのまま礼をして去ろうとすると、待ったと声がかかる。

「ところで、俺の秘密を聞き出してこの後どうするつもりだ？」

「き、聞き出しただなんて……！　私、口外したりなんてしません」

「ほう。いや、悪いが信用しかねるな。俺は誠意とか真心といった目に見えないものは信じていないのでね」

「怪異とか影のお化けよりずっと信憑性《しんぴょうせい》があると思います！」

月乃があんまり必死に反論するからか、フリッツはすぐに「冗談だ」と打ち消した。

「秘密を共有する代わりに少し付き合ってもらいたいところがある。──後で使者を寄越《よこ》そう」

用件だけ伝えて、もう行っていいぞと片手を上げる。

ほんの数言の会話で、「秘密を口外しない」という言質を相手から引き出した上に自分の要求を呑ませる。彼の話術に月乃がいいように転がされたところで予鈴の鐘が鳴った。

「っ、し、失礼します！」

律儀にもう一度頭を下げてから、月乃は校舎へと駆け出す。

あっという間に椿の木の合間に消えてゆく黒髪を見送って、フリッツは背もたれに頭を預けた。

「〝Selene《セレーネー》〟はいつだって夢見がちなものだ」

灰を落として一口吸い、天に向かって吐き出した。

セレーネーとは、地上の男に恋をして夜ごとその夢に現れたという、希臘《ギリシャ》神話の月の女神の名前である。

◇◇◇

その日の夜、フリッツの言葉通りに月乃の元へ「使者」はやってきた。

既に就寝時間を迎えた寄宿舎で、予習のはかどらない月乃がぼうっと窓の外の月を眺めていた時のこと。観音開きの窓硝子をコツコツ、と何かが叩いた。

「あっ。あなたは」

わずかに開けていた戸を全開にして顔を出すと、窓の桟に降り立ったのは見覚えのあるフクロウだった。翼を折りたたみ、ちょこんと頭を傾げる。その首にはあの日月乃が包帯代わりにした藍色のリボンが、紳士の襟締《ボウタイ》のように誇らしげに巻かれていた。

「もう怪我は大丈夫なの？」

問いかけると、ホゥ、と小さく返ってくる。頭を掻《か》いてやるとそのまま寛《くつろ》いだ様子で首を身体に埋《うず》めたので、もはやリボンなしには頭と胴体の境目がわからない。あの日はその丸っこい姿を饅頭のようだと思ったが、石油洋灯《ランプ》の明かりに照らされた姿をよくよく見ると、体毛は全体的に白っぽく、どちらかというと大福と呼んだ方がしっくりきそうだ。

「元気になって良かった。そのリボンもとっても似合ってる。……あなたにあげるわ」

母の形見とはいえ、一度は手放した物だ。何より自分の頭に付いているより、誰かに身につけてもらった方が風に揺れる様がよく見える。

しばらく「TSUKINO.U」と縫い取りされたリボンの先を弄んでいると、饅頭改め大福はしきりに脚をこちらへ差し出すようなしぐさをした。視線を落とすと、左の足首に金具のようなものが嵌められていて細い筒の中に巻かれた紙が入っていた。

《次の日曜日、外出許可を取っておくように》

細長い紙を広げて机の置き洋灯《ランプ》の明かりにかざすと、黒いインクで書かれていたのは獨語だ。昼間「付き合ってもらいたいところがある」と言っていた、フリッツからの伝言だった。

（なんだか、とても悪いことをしているみたい）

たった一文、なんの飾り気もない言葉。けれどこの手紙の内容を知るのは、彼と自分だけなのだ。

ふたりだけの秘密の共有——その小さな背徳感は月乃をどきどきさせた。

「あら、まだ予習をしてらしたの」

不意に部屋の扉が開く。同室の千代が手水《ちょうず》から戻ってきていた。あっ、と千代の顔を見た月乃がふたたび窓辺を振り返った時には、もうそこにフクロウの姿はなかった。

「えっと、ううん。そろそろ寝ようと思っていたところよ」

そういえば勉強をしていたところだったと思い出して、秘密の手紙をそっと抽斗《ひきだし》にしまう。

「そう。あたしは裁縫の授業の宿題が終わっていないから、これから夜なべよ」

行李《こうり》の奥の奥から縫いかけの襦袢《じゅばん》を取り出して、千代はハァ、と盛大にため息をついた。

千代は頭が良くなんでも器用にこなすのに、なぜか裁縫だけは大の苦手だ。先日も宿題で手巾《ハンカチ》にコスモス——本人曰《いわ》く——の刺繍《ししゅう》をしていたが、どう見ても薄紫の芋虫にしか見えなかった。うっかり月乃が思い出し笑いをすると、千代は白い頬を餅のように膨らませる。

「あたし、先端恐怖症なのよ。針とか突き匙《フォーク》だとか、恐ろしいったらありゃしないんだもの」

「ふふ。千代ちゃんもうちのように医者の家に生まれていれば、針が怖いなんて言ってられなかったと思うわ。私なんて子供の頃、よくお父様に注射をされていたし」

「まあ！　もしかして種痘とか、そういうもの？」

種痘とは予防接種の一種で、定期接種の規則が定められたばかりだ。しかし月乃はその前からなんのかんのと理由をつけて父から注射を打たれていた記憶がある。

「たぶんね。苦い薬もたくさん飲まされたのよ。おかげで身体だけは丈夫だし、好き嫌いもないけどね」

月乃の父はある先天性の病の研究者として界隈《かいわい》では知られていたらしい。直々に最新の治療を受けさせたいと頼まれて、罹患者《りかんしゃ》の子供を謡川家で預かっていたこともある。

「千代ちゃん。宿題だから代わってはあげられないけれど、お手伝いならできるわ」

「ありがとう」

面倒見と人の良さは、父から受け継いだ月乃の美徳だった。

月乃は机の上の筆記帖《ノートブック》を片付けると、椅子を千代の方へ引き寄せた。千代はくけ台を組み立てて、尻の下に敷く。ふたりは仲良く頭を突き合わせて、課題である襦袢の背中を縫った。

千代は外から糸を見えなくする「くけ縫い」ができないので、仕方なく並縫いする。それでも危なっかしい手つきが白布の上をふわふわと行き来するのを、月乃は時折手を添えて助けた。

「千代ちゃんの縫い目、まるで雲の上をごきげんにお散歩しているみたいね」

「ま～た月乃ちゃんの空想《ポエム》が始まったわ」

幼い頃からの本好きのせいか、月乃の言動は時折ひどく夢想的で掴みどころがない、と言われてしまうことがある。「ごめんなさい」と肩を竦《すく》めると、千代はぷちんと犬歯で絹糸を裁ち切って目を細めた。

「あたし、月乃ちゃんの目に見えている世界が好きよ。よく筆記帖《ノートブック》の隅に鳥や花の絵を描いているでしょう。ミスターKに宛てた手紙にも、いつも素敵な絵を添えているわよね」

「昔からの性分なの。うんと小さい頃、お父様の医学書を勝手に持ち出して解剖図を模写していたらしいわ。でもお父様は叱るどころかすごく褒めてくださって……。それがうれしくて、絵を描くことが好きになったの」

「文を書くのだってお上手なんだもの、詩人か作家になったらいいのよ。童話作家なんて向いていると思うわ」

千代の言葉に、月乃は少し寂しそうに笑った。

「そうなれたらいいなぁなんて思ったこともあったわ。昔、お父様に四六判の立派な洋紙をいただいてね。それに物語を書いて、半分に折った物を見よう見まねで冊子のように綴《と》じて絵本を作ったの」

「素敵じゃない」

襦袢をひっくり返して縫い目を確認しながら、「ありがとう」と頷く。

「出来上がった絵本はいつもお父様に差し上げていたの。とってもよろこんでくださって、洋行のお供にも持って行かれたわ。そのまま現地で亡くなったから——きっと今は、お空で読んでくださっていると思うの」

「お父様が、月乃ちゃんの一番の『ファン』だったのね。もちろん、あたしもファンよ。……あら、今はミスターKが一番かしら」

「もう。ミスターKは関係ないわ」

そうは言いながら、月乃はこれまで何度かミスターKの正体について考えたことがある。

おそらくミスターKは父の知り合いで、自分の話を父から聞いていたのではないか。

父はいつも月乃のお手製絵本を懐に忍ばせて隙あらば他人に見せて回っていたから、ミスターKもそれを目にしたことがあるのかもしれない——と。

《アナタノファンヨリ》

そう言ってくれたミスターKに、いつか会いたいと思う。けれど、永遠に会いたくないとも思う。自分の胸に点《とも》った幼い恋心を、今はまだ、大切に自分の中だけに閉じ込めておきたかった。

（そもそも、ミスターKは今の私を見たらがっかりしてしまうかもしれない）

不意に、「ひとは見た目がほぼすべてだ」と言っていたどこかのひねくれ者の言葉が頭に浮かんでは消え……。

気付けば月乃は「もう！」と部屋の壁に向かって叫んでいた。

# 第二章　光と影が集う街

おつきさまはさみしそう。

いつもひとりぼっちで、よぞらにおふねをうかべているから。

濃紺の大海《そら》にぽっかりと浮かぶ上弦の月。その孤独を慰めたくて、たくさんの星と共に洋紙に描いたのは、いつの時分だったか——。

◇◇◇

《薔薇の學《まな》び舎《や》近鄰《きんりん》にて衰弱體發見《すいじやくたいはつけん》せらる　吸血人《きゆうけつびと》の仕業か》
新聞の一面に刺激的《センセーショナル》な文字が躍ったのは、週末のことだった。
日曜の朝早く、先日の懲罰である学舎の掃除を終えた月乃は遅めの朝食を摂《と》ろうと寄宿舎へ戻った。すると一階の食堂兼談話室で、既に朝食を終えた女生徒たちがひとつの新聞を折り重なるようにして読んでいる。

「ねえこれ、どういうこと!? あなた、事件のことご存知《ぞんじ》だった？」

「いいえ知らないわ。吸血人ってなんですの。怖い……」

「わ、私にも見せてください！」

あわてて月乃が新聞を借り受けると、記事には以下のようなことが書かれていた。

去る九月某日、薔薇学園の近くで若い男性が衰弱した状態で発見された。被害者の頸部《けいぶ》には嚙《か》み付かれたような痕があり、死には至らなかったものの数日昏睡《こんすい》状態が続いた。意識回復後に事件の状況を尋ねるも上の空で、真相未《いま》だ不明である――と。

記事によれば事件が起こったのは先週、月乃が影の異形と遭遇した日のことだ。さらに記事では、学園の周囲の森に巨大な吸血コウモリが生息している可能性や、西洋には「吸血人」なる人の生き血を好む好事家がいて、彼らが事件に関わっているのかもしれない――という推理が披露されていた。

(これって、この間ミスター・イェーガーが言ってらした事件のことよね……？)

月乃は先日のフリッツとの会話を思い返していた。

《公には伏せられているが、この学園の周辺でここ一年で四件、怪異の仕業と思われ

る事件が発生している。――そのうち一件は先週起こった》

事件の詳細までは聞いていなかったので、月乃もこの記事で初めて事のあらましを知った。噛み付かれて昏睡状態に陥るとはたしかに奇妙だ。

それにしても十日以上前のことが、なぜ今さら記事になるのか。フリッツの言う通りなら、箝口令《かんこうれい》が敷かれていたものを新聞記者が嗅ぎつけたのかもしれない。

ただ、彼によれば先週の事件の前に似たような事件がこの一年で三件も起こっているらしいが、新聞ではそれらについては言及されていない。

(後でこの件について彼に尋ねてみよう)

奇《く》しくも今日はフリッツと出かける約束をしている日である。

月乃以外の生徒は皆気味が悪いのか、朝食を食べ終えても誰も部屋へ戻ろうとしない。月乃は多少事情を知っているので、他の娘よりいくらか気が楽だ。

事件のことも気になるが、それよりもお腹《なか》が減ってしょうがないので厨房に残しておいてもらった朝食を取りに行くことにした。

懲罰の掃除を申しつけられて以降、月乃は毎朝早くに起床して真面目に仕事をこなしていた。朝食は掃除が終わってから、他の生徒の分と一緒に食堂に並べられたものを後から食べていた。だが三日前、その食事が手つかずのまま屑籠《くずかご》に捨てられていたのだ。おそらく亜矢たちの仕業であろう。

それ以来、朝食は厨夫に頼んで厨房で取り置いてもらっている。気の良い厨夫はいつも月乃が理不尽ないじめに遭っていることを知っているので、非常に親切にしてくれる。

「他のお嬢さん方ァ俺をただの飯炊きくらいにしか思っていませんがね、あんたはいつもにこにこと礼を言ってくださいますからね。それにこないだは、醤油のお遣いも頼まれてくれましたしねェ」

結局そのお遣いの時は、醬油は持って帰ってこられなかったのだが。

月乃が感謝しつつ朝食の盆を持って戻ると、食堂には舎監の須藤女史がやってきていた。

「今朝の新聞記事の件については、既に警察が捜査中とのことです。皆さんは動揺することなく、平素と変わりなく過ごすようにと学園長からの通達です」

舎監の言葉に安堵のため息を漏らす者、訝しげに疑問を口にする者など反応は様々だった。月乃は皆の様子を観察しつつ、さっさと朝食を済ませてしまおうと長卓子《ながテーブル》の隅へ向かう。

「きゃあ！」

その時突然、月乃は何かに足を取られて転んだ。

両手に盆を持っていたため受け身も取れず、盛大に頭から倒れる。盆の上で食器が中身ごとひっくり返り、床に落ちた湯呑《ゆの》みがばりんと音を立てて割れた。

「痛……っ」

割れた湯呑みの破片が、腕を擦《かす》った。白い肌に傷がついてわずかに朱がにじみ、月乃は思わず腕を押さえる。

ほとんどだめになってしまった朝食を見つめながらよろよろと起き上がると、すぐ脇の席に座っていた亜矢が笑っている。

「本当に愚図な人」

亜矢の後ろではいつもの取り巻きたちが笑いをこらえている。わざと足をかけられたのだと気付いて、月乃は悲しみよりも怒りが湧いてきた。

怪我をさせられるのはまだいい。自分が嫌がらせを受けるのは耐えられる。だけど月乃を気遣ってくれた厨夫の厚情を踏みにじったり、食べ物を粗末にするなんて、そんな罰当たりなことをしていいはずがない。

「亜矢……」

「謡川月乃さん！」

珍しく言い返そうとしたところで、舎監に呼びつけられた。

「は、はい」

「面会の方がお見えです。新聞記事の件もあって今朝は何組もご父兄がおいでですので、手短にお願いしますよ」

「面会……。私に……？」

心当たりが思い浮かばず、月乃はきょとんとした。

しかし相手が誰だろうと待たせるわけにはいかない。月乃は腹の音と口惜しさをぐっとこらえて、台無しになってしまった朝食を急ぎ片付けた。後で厨夫に謝らなければと思いつつ、空《す》き腹《はら》のまま学舎の面会室に向かう。

「お嬢様！」

ノックして部屋の扉を開けるなり、中で待っていた男が椅子から立ち上がった。

散切《ざんぎり》の黒髪も爽やかな、書生風の出《い》で立《た》ちの青年だった。その意外な訪問者に、月乃は面食らう。

「暁臣《あきおみ》さん？　どうなさったの？」

彼の名は真上《まかみ》暁臣。謡川家とはかつての藩を同じくする真上家の次男坊で、月乃より五つ年上の帝大生だ。

真っ白な立ち襟シャツに藍鼠《あいねず》の長着。ひだの折り目も整った紺の袴。凛とした顔立ちの美丈夫である。

「どうもこうも！　今朝の新聞記事を見て飛んできたに決まってるでしょう」

月乃と暁臣の間柄は少し特殊だ。彼は月乃の父が研究していたとある先天性の病の罹患者であり、かつて治療と研究を兼ねて謡川家に預けられていた時期がある。

月乃が幼く、まだ実母が健在だった頃のことで、月乃にとっては数年同じ屋根の下で暮らした、いわば兄妹《きょうだい》のようなものだ。

「お嬢様、記事に書いてあった事件にお嬢様は関わっていませんね？　無事ですね？　お怪我などされていませんね？」

「えっとあの……」

ものすごい勢いで距離を詰められ両手を握られた。彼の月乃への気のかけようは昔からではあるものの、互いに成人した今、いくら兄のような存在とはいえやはり気恥ずかしい。

謡川家と真上家は家格でいえばほぼ同格。むしろ今となっては紡績会社を興して成功している真上家の方がよほど上流だ。だが暁臣は過去に謡川家に世話になり、月乃の父に治療を受けていた大恩がある。そのせいか今も月乃を「お嬢様」と呼んで憚《はばか》らない。何度も「その呼び方はやめて」と頼んだが、一向に変わる気配がないのでもはや月乃も観念している。

暁臣は向かい合ったまま繋《つな》いだ手を片方ずつ持ち上げては、丹念に月乃の全身を確認しようとする。その動きが、右手を顔の前に持ってきたところでぴたりと止まった。

「――血のにおいがする」

途端に暁臣は月乃の着物の袖をまくって右腕を露《あら》わにした。そこには先ほど、亜矢のせいでできたすり傷がある。

突然の大胆な行為に、月乃は思わず「きゃあ！」と悲鳴を上げた。

「どうされましたか、これは」

「ち、違うわ。これはその、さっき亜矢に……あっ」

とっさに亜矢の名前を出してしまって、しまった、と空いている左手で口を覆う。

みるみる目の前の男の顔が険しくなった。

暁臣は月乃の母が亡くなり、その後父が義母と再婚した際に気を遣って下宿を解消した。だが義母たちが父に隠れて月乃にどんな振る舞いをしていたかを知っているし、父の死後の横暴も見ていた。そのため彼女らを非常に嫌っている。

暁臣は今にも嚙み付くのではないかというくらい間近で腕の怪我を見つめていたが、

やがてため息と共にそっと、その手を下ろした。月乃は内心で胸をなで下ろす。

「本当に、大丈夫よ。なんとか上手《うま》くやっているわ。それにこれは私自身の問題だから」

「いえ……俺の方こそ、ご婦人の身体にむやみに触れてしまい申し訳ありません」

本来の彼はとても真面目で誠実な人間だ。ほんの少し、月乃に対しての心配性が過剰なだけで。

「暁臣さんは昔から、隠し事を見抜くのが得意よね」

「俺は鼻が良いんですよ」

「そうよね。内緒で猫を拾った時も、自分のおやつを近所の子にあげていた時も、迷子になった時も、蔵に閉じ込められた時も……いつも暁臣さんが最初に気付いたわ」

暁臣はいつだって月乃を守ってくれた。その忠節ぶりたるや、当時近所の子供たちに「忠犬」と渾名《あだな》されたほどだ。

そんな彼も今は立派な帝大生。国の将来を背負って立つ俊才である。

昔のあれこれを思い出して月乃がくすりと笑うと、暁臣もそれに釣られてやや不器用に口元をゆるめた。

「お嬢様。貴女は面倒事に巻き込まれやすい性質《たち》なんだ。あまり学園の外へ出歩かないようにしてください」

「ええ。気遣ってくれてありがとう……？」

それは一体どういう性質なのか。

もちろん心から月乃を思いやっての台詞だということはわかるのだが、暗にとろいと言われているようでちょっぴり複雑な気持ちになる。

コンコンコン。

その時ふと、何か硬質なもので部屋の扉が叩かれた。月乃が「はい」と返事をすると、把手《ドアノブ》が回って長身の人物が現れた。

黒い中折れ帽にインバネスコート。銀の持ち手のステッキを手にしたフリッツ・イエーガーだった。

「──獣臭いな」

入室するなり、それがフリッツの一言目だった。

月乃がきょとんとしている横で、暁臣が明らかに敵意を含んだ目で男を見返した。

月乃を庇うように腕を広げて半歩前へ出る暁臣に、フリッツはステッキで帽子の端を持ち上げ「なるほどな」とつぶやいた。自分に向けられる鋭い眼差《まなざ》しを悠々と受け止めて、フ、と挑戦的に笑ってみせる。

そのままつかつかと革靴の音高くふたりの元へ歩み寄ると、優雅に帽子を取って少しかがんだ。そしてささやくように「月乃」と、彼女の耳元に呼びかける。

「橋の向こうで俥《くるま》を停めて待っている」

「は、はい」

間近に見た灰色の瞳は、相変わらず冬の空のように澄んでいて月乃をどきりとさせた。耳をくすぐる声は妙に優しげで、ただコクコクと頷き返すことしかできない。

その様に満足したのか、フリッツは帽子を被り直してかがめた背を伸ばす。すると その時不意に、じっと警戒の色を隠さない暁臣と男同士の視線が交差した。

「騎士《リッター》気取りもいいが、牙をむく相手を見誤るなよ」

「…………！」

途端に暁臣の表情が剣呑《けんのん》になる。だがフリッツはそのまま振り返ることなく部屋を出て行ってしまった。

「あいつは何者ですか？」

部屋の扉が閉まってようやく、暁臣は張り詰めていた気をゆるめて大きな息を吐く。

「ミスター・フリッツ・イェーガー。新しくいらした英語の先生よ」

「フリッツ……イ、い、イェーガー？」

「ええ。とても……優しい方よ。たぶん」

　月乃はそう答えたものの、最後の台詞には自信がなかった。

　その後、月乃は不満たらたらの暁臣をなんとかなだめすかして正門まで送った。

「お嬢様、本当に本当に大丈夫なんですね？」

「ええ。きっとミスター・イェーガーはこの辺りが不慣れだから、道案内がほしいだけよ」

「何かあったら大声を出してください。お嬢様の声なら、百里向こうからでも聞きつけるので」

「ふふふ。わかったわ」

「本当にわかっています？　だいたいお嬢様は不用心が過ぎるんです。以前河原に遊びに行った時も――」

　その間も延々と続くお小言はいつものこと。月乃はその姿を昔から変わらないなあ、とかえって微笑ましく思っている。

　暁臣はすれ違った婦人が振り返るくらいには整った凜々《りり》しい顔立ちをしているのに、堅物な性格が災いしてか浮いた噂《うわさ》のひとつも聞かない。彼の兄は帝国陸軍に所属しているので、実家の紡績会社を継ぐのは暁臣だろう。年齢的にも立場的にも、縁談のひとつやふたつありそうだが。

「わざわざ朝から訪ねてくださってありがとう」

「お嬢様……」

（心配なんていらないわ。私は大丈夫）

そんな気持ちを込めて、正門の前で立ち止まった月乃は努めて明るく笑った。

向かい合った暁臣は彼女に触れようと手を伸ばしかけて、思い留《おもとど》まる。不自然に行き場をなくした手を一度ぐっと握り込むと、そのまくしゃくしゃと己の後ろ頭を掻いた。

「――いえ、また近々。天長節《てんちょうせつ》の舞踏会には出席されますか？」

「鹿茗館《ろくめいかん》の？」

「ええ。俺は親父《おやじ》の付き添いをしなくてはならなくて……。男で連れ立つなんて阿呆《あほ》らしいと言ったのですが、貿易事業の拡大のために諸外国に縁故《コネ》を作りたくてしょうがないようで。薔薇学園の女生徒の方々も皆、招待されていますよね？」

国の欧化政策の一環、異国との社交場として建設された鹿茗館。

連日華やかな行事で世間を賑《にぎ》わせているその場所で、十一月の天長節に一年で最も大きな西欧式の舞踏会が開かれる。

国の威信をかけたこの催しに、圧倒的に足りないのが西洋の舞踏や礼法に通じた女子の踊り手だった。そのためそれらの教養を兼ね備えた薔薇学園の女生徒たちは毎年、舞踏会の華として駆り出されている。

「私は……留守番よ。華やかなところは向かないもの」

「そんなことはありません！」

強い口調で否定されて月乃が驚きに目を瞬かせると、暁臣はハッとした表情で固まった。途端に散切の黒髪がかかった耳が真っ赤に染まる。かと思うとあわてて一礼、「また来ます」とだけ告げて足早に去って行ってしまった。

月乃は正門から暁臣の背が見えなくなるまで見送った後に、彼が去ったのとは反対方向へと薔薇の生垣の道を歩き出した。

学園と市街を隔てる橋を渡ると、黒塗りに松が描かれたふたり乗りの人力車の背が見えた。その手前で欄干の端に背を預けたフリッツと、彼に負けないくらい背の高い俥夫《しゃふ》が話し込んでいる。

「すみません。お待たせしました」

「いいや」

駆け寄った月乃が頭を下げるのを、フリッツはひらりと片手を上げて制した。その隣で、大きな体軀《たいく》に似合わず人なつっこそうな俥夫がにっかりと歯を見せる。

「へえ。こちらが不律《ふりつ》の旦那が言ってらした、怖い物知らずのお嬢さんですか」

「余計なことを言うな」

フリッツはあからさまに舌打ちすると、長い脚で俥の梶棒《かじぼう》を跨いだ。早速乗り込むのだと思って見ていたら、彼は立ち止まってこちらを振り返る。そのますっと、ごく自然に月乃の前に右手を差し出してきた。

月乃がその意味を測りかねてきょとんとしていると、戸惑う彼女の左手をフリッツが取った。すぐにふわりと引き寄せられて身体が近付いたかと思うと、軽やかに俥の蹴込《けこみ》へと押し上げられる。

まるで優雅な円舞曲《ワルツ》のような、一瞬の出来事。

先日学園の裏庭で投げやりに煙草をくゆらせていたこの異人は、女性を重んじる西洋の礼法をごく自然に実践できる紳士でもあるのだ。涼しい顔で隣に座った男をちらりと盗み見て、月乃はなんだか落ち着かない気持ちになった。

「行き先は『心橋《しんばし》ステンショ』でよろしいですか」

「ああ」

「合点」と威勢のいい返事が聞こえたが早いか、俥夫が梶棒を取って座席の足元が浮く。俥はそのまま街道を目指して滑らかに走り出した。

（心橋になんのご用事なのかしら……？）

心橋といえば汽車の発着駅で、その先の吟座《ぎんざ》から二本橋《にほんばし》にかけては流行の最先端をゆく繁華街である。

「何をするんですか？」

「買い物だ」

「何を買うんですか？」

「お前のそのボロ雑巾のような服をどうにかする」

「！」

まさか自分のためにこの俥が走っているとは思わず、月乃は驚きでぎゅっと膝の御納戸袴を握った。申し出は至極もっともだが、月乃に心橋吟座の一等地で軒を連ねるような店で服を揃える金があるはずもない。

「あ、あの、私……その」

武士は食わねど高楊枝《たかようじ》、とは既に過ぎ去った時代の言葉であるとはいえ、士族の娘として赤裸々に懐事情を打ち明けるのは憚られた。困窮しているのはあくまで月乃自身なのに、亡き父の名誉にも関わる気がして。

とはいえ打ち出の小槌《こづち》があるわけでもなし、正直に言うしかないだろう。月乃は喉の奥から声を絞り出した。

「……お金がないんです……」

「金？　金なら俺が持つ」

「え!?」

ちょうど俥の車輪が小石に乗り上げたのと拍子が重なって、月乃の尻が一瞬、座面から浮いた。

「どうしてですか？　そこまでしていただく義理がありません！」

「別に、俺がそうしたいからそうするだけだ」

「でも……。やっぱり、受け取れません」

「大抵の女は服でも宝石でも、喜びこそすれ拒みはしないがな」

「え、そ、そんなの、困ります。本当に、困ります。お返しできるあてがありません……」

返せない借りは作れない。

断り方は控えめだがあくまで固辞する月乃に、軽快に俥を引く俥夫がくつくつと忍び笑いをするのが聞こえた。片やフリッツは眉間を押さえると、ハァ――――と長いため息をつく。

「Die sturkopf.《強情者め》――ではこうしよう。君は〝Flocke《フロッケ》〟を助けた。これからすることはその礼だ」

「ふろっけ？」

「ああ。だから君は堂々と善行の対価を受け取るべきだし、それに対してさらに何かを返そうと考える必要はない」

フロッケを助けた。

言葉の意味がわからずに、月乃はしばし逡巡《しゅんじゅん》する。

「……もしかして、あの白いフクロウの名前ですか？」

「教えていなかったか？　彼女の名前を」

ぱちくりと瞬きして、互いに顔を見合わせる。

――数秒の後に、月乃はこらえきれずに笑い出した。

「何がおかしい」

「ふふふふ。いいえ、何もおかしくありません。……ふふ。あなたが付けた名前ですか？」

「そうだ」

何か文句があるのか、とぶっきらぼうに言い放つと、フリッツは中折れ帽を目深に被り直して視線を遮る。それが照れ隠しなのだと気が付いて、月乃はまた笑ってしまった。

「素敵な名前ですね。フロッケ……。ええ、ぴったりだわ」

Flocke とは、獨語で雪や羽毛のひとひら、ふわふわと漂う儚い一片を指す。

目の前の男が、そんな浪漫的《ロマンティック》で可愛らしい名前をフクロウに付けているとは思わなかったのだ。とても意外で、けれど不思議と胸が躍った。

久しぶりに心の底から笑って、ようやくひと呼吸置く。

月乃は息を整えると、背筋をピンと伸ばしてまっすぐに隣の男を見上げた。

「──わかりました。そのお話、ありがたくお受けします」

帽子のつばの陰から覗《のぞ》く灰の瞳が、ほんの少し見開かれる。

「なぜ急に心変わりしたのかってお思いになりました？」

「ああ」

「だって……」と月乃ははにかんだ。

「あなたにとって彼女は──フロッケはそのくらい大切な存在なんでしょう？　私が

断ったら、ミスター・イェーガーのその気持ちを否定することになってしまいます」

「そうか」

「はい」

微笑んで頷くと、フリッツは「だったら」と膝の上に揃えられた月乃の手を取った。

そのままそっと己の口元に近付けたので、月乃は驚いて固まる。

「〈今日の君は、俺が買い取った〉」

そう獨語でささやかれて、口から心臓が飛び出そうになった。

先ほどと打って変わってぎこちない動きでもう一度見上げると、これまでで初めて見る、穏やかな微笑を湛《たた》えた男の顔がそこにあった。

「そ、それは……すごく語弊がある言い方だと思います、ミスター・イェーガー」

「フリッツだ」

「…………」

暁臣は別として、男女七歳にして席を同じくせず、の教えの中で育った箱入りの月乃にそう易々《やすやす》と男の名を呼べるはずがない。

しばらく無言で見つめ合っていると、突然俥夫が噴き出してげらげらと笑い始めた。

「こんなに必死な不律の旦那、初めて見たなあ～！」

「松吉《しょうきち》、お前は黙って走れ」

こつんとステッキの先で背中をつつかれて、俥夫はまた大仰に笑った。

近世に整備された五街道のひとつ、東海道。そのうち心橋から鏡橋《きょうばし》までを結ぶ区間が、いわゆる吟座通りである。

開国直後の大火を機に整備されたこの通りは、西欧に倣って横幅十五間（約二十七メートル）と大変広い。人力車がひっきりなしに行き交う車道には軌道が埋め込まれ、その上を馬車鉄道が往来している。通り沿いには煉瓦《れんが》に白漆喰《しっくい》を塗り込んだモダンな建物が整然と並び、洒落た英字の看板が華を添えている。

秋晴れの空は澄み切った青で、どこまでも広く高い。心橋ステーション近くで俥を下りたフリッツと月乃は、通りの両脇に整えられた煉瓦敷きの歩道を連れ立って歩いていた。

煉瓦家屋の二階からは露台《バルコニー》が張り出し、その下部は列柱が連なる歩廊《アーケード》。煙草、時計、和洋菓子、家具に鞄《かばん》――。店先には舶来品を中心に、様々な品が美しく飾られている。

その前に立ち止まって歓談するのは、バッスルドレスを着こなす日傘の婦人と山高帽の紳士たちだ。月乃は自分がひどく場違いな気がして、けれど華やかなショーウインドウの誘惑は拭いがたく、そわそわと辺りを見回している。

「ここに来るのは初めてか？」

半歩前を歩くフリッツにそう問われてようやく、自分の挙動がお上りさんのそれであることに気付いた。途端に顔から湯気が出そうになって、かろうじて「いいえ」と小さく首を振る。

「子供の頃、何度か両親と一緒に来たことがあります。たしかその時はまだ、馬車鉄道は通っていませんでした。街路樹も松や桜だったような気がするんですけど……」

そう言って見渡したのは、瓦斯灯《がすとう》と共に歩道に並ぶ柳の木だった。

月乃の記憶は正しく、以前はたしかに松や桜の街路樹が存在していたものの、水はけが悪くて定着せずに数年前に植え替えられていた。

あわただしい大通りの喧騒《けんそう》の中で、しだれ柳の細長い枝が風にそよぐ様は涼しげで心地よい。

「柳並木も素敵だわ」

「だが、帝都では柳の下には幽霊が出るんだろう？」

獨国人のフリッツがこの国の怪談の定番を知っていることに妙に感心してしまって、

月乃はくすくすと笑う。

「吟座なら、夜も瓦斯灯やアーク灯が点っていて明るいもの。お化けもそうそう出てこられないんじゃないかしら」

「それもそうだ。いつかこの世の怪異を滅ぼすのは、悪魔殺し《デモントーター》ではなく文明だろう。……俺もそのうち食いっぱぐれるかもな」

フリッツがインバネスコートの肩を竦めてみせたので、月乃はまた笑った。

（この方も冗談をおっしゃるのね）

彼の新しい一面を垣間見《かいまみ》るたびに、少し心の距離が近付いたようでうれしくなる。

いつの間にか周囲の華やかさに気後れしていた自分は消《き》え失《う》せて、柳が風に揺れる音が自然と耳に届いた。

「私、柳が好きです。秋の終わりには黄色い葉っぱが吹き流しのように風になびくのが綺麗です。冬に葉を落とした枝にうっすらと雪が積もるのも素敵だし、それに春になって可愛らしい新芽がたくさん芽吹くのも――」

《ま～た月乃ちゃんの空想《ポエム》が始まったわ》

四季折々の景色を目蓋の裏に思い描いたところで、千代の呆れ半分の笑い声が頭に蘇《よみがえ》る。

ああ、またやってしまったな……と苦笑いでフリッツの表情を窺《うかが》うと、優しくこちらを見下ろす灰の瞳と目が合った。

「君の目にはこの景色がさぞ鮮やかに見えているのだろうな、Selene《セレーネー》」

「……？」

憧憬の色を湛えた声音。その口から紡がれた神話の女神の名を、月乃は知らない。

聞き返そうとしたところで、ステッキを持つフリッツの手がすっと背に添えられた。そのまま大通りの角を曲がり、躊躇ない歩みで端から二軒目の店へと導かれる。初めから目的の店は決まっていたようだ。

「呉服　志まや」と看板の掲げられた煉瓦家屋の店頭には、花づくしに扇が描かれた美しい友禅が飾られていた。

「不律・いえーがー様ですね？　ようこそお越しくださいました。ご紹介くださった加納《かのう》様より御用向きは伺っております」

「ああ」

店に踏み入るなり現れた女将《おかみ》に、フリッツはごく自然に帽子を預け、それからぐい、と月乃の背を押し出した。

広い店内は履き物のまま見て回れるようになっていて、色とりどりの反物や帯が陳列されている。普通呉服店は座売り——客が座敷に上がり、店員が奥から品物を持ってくるやり方——が主なので、かなりモダンな店構えだ。

　こんな貧相な服装でやってきて申し訳ないな、と月乃がおっかなびっくり前に出ると、その顔を見た女将は「あら」と小首を傾げる。

「もしかして、謡川様のご息女でいらっしゃいます？」

「は、はい」

　ずばり家名を言い当てられて困惑していると、女将はにっこりと上品に微笑んだ。

「わたくし共は元々朝草《あさくさ》に店を構えておりましてね、謡川様には以前からお引き立ていただいております。お嬢様も何度かご両親とお見えだったのを覚えておりますよ」

「まあ」

　言われてみればたしかに、かつて実母が贔屓《ひいき》にしていた呉服店は朝草にあった。さすが老舗の大店《おおだな》の女将。たった数度、子供の頃しか知らないはずのかつての客の顔を記憶していた。

「新しもの好きの主人が『これからは座売りでなく立ち売りの時代だ』なんて言うもんですから、数年前に吟座《こちら》に移ってきたんですの。まあまあまあ、こんなにお綺麗になられて……」

ちょうど実母と同年代であろう女将は、まるで我が子を見るように目を潤ませた。

「お父上のお話はわたくし共も聞き及んでおります。本当に残念なことで……。大変ご立派な方でしたもの、ええ」

「ありがとうございます」

哀悼の言葉に控えめな笑みで返すと、女将は感無量、と言った具合に月乃の手を取る。だがここのところの懲罰の掃除ですっかり荒れてしまっているその手の感触に、女将の表情が曇った。

「……おつらい立場でいらっしゃるのね……」

ぼろぼろの手、そしてぼろぼろの着物と袴。その出で立ちから、女将は月乃のすべてを察したようだった。「先日奥様と下のお嬢様がいらして、立派な訪問着を何点も仕立ててらしたのに……」とつぶやくのを聞いて、月乃は目をぱちくりさせる。

（お義母様と亜矢がこの店に来ているの？）

ふたりがこの店を利用していることもだが、何より彼女らがそんな立派な着物をいくつも仕立てる金は一体どこから出てくるのだろうかと驚く。

父の遺産をやりくりすれば女中を雇って屋敷を維持するくらいは可能だろうが、それほど贅沢《ぜいたく》ができるとも思えない。

深入りしかけた思考を引き戻すように、女将が月乃の荒れた手をぐっと握った。

「ええ、ええ。お任せくださいな。お品は一流、でも決して華美じゃないものをご用意いたします。御納戸の袴ももちろん揃えてございます。――不律様、わたくし共でお嬢様に見立ててようございますね？」

「ああ、適当にやってくれ。俺は着物はわからない」

フリッツのそっけない答えに、女将はずい、と一歩詰め寄る。

「まあ、ご謙遜を。加納様から東西の風流に通じた方だと伺っております。お美しいか、お似合いになるかくらいはおわかりになりますわね？」

「ああ……」

迫力に押されたフリッツが頷くと、女将はにっこり笑って月乃を店の奥へと連行するのだった。

「呉服　志まや」の一番奥、衝立《ついたて》で仕切られた向こう側は着物を試着するための座敷になっている。案内された月乃が小上がりにちょこんと腰を下ろすと、店頭や控えから女店員らが続々と集まってきた。

「今日明日からお召しになれるよう、お仕立て上がりのものをご用意しましょうね」

張り切る女将の号令の下、一番始めに用意されたのは制服の袴だった。さすがの新品はひだの形もぱりっと美しく整って、代名詞である御納戸の青緑色も目に鮮やかだ。入学以来穿き続けて擦り切れた月乃の袴は、この時ようやくお役御免となった。

次に店員たちは方々に散って、かと思うやめいめいが「とっておき」の着物を持ち寄り戻ってくる。あれやこれやと順番に月乃に着せ掛けて、やれ色味が肌色に合う合わないだの、柄がどうだの、とかまびすしく議論し始める。圧倒された月乃はその間、ひたすら着せ替え人形に徹した。時折投げかけられる問いに、月乃の口から出たただひとつの希望は「派手すぎないこと」だった。

そうして店の女衆総出の思案の結果、膨大な着物の中から御納戸袴に合う二点を選《え》りすぐった。ひとつは落ち着いた淡藤色の牡丹《ぼたん》唐草の小紋。もうひとつは女学生らしい鳥の子色の矢絣《やがすり》。合わせる半幅帯は紫紺地の博多《はかた》織《おり》である。

にこにこと満足げな女将の横で、ひとりの店員がぼそりと零した。

「大変お似合いですけども……ちょいとばかし落ち着きすぎというか……」

「あら、どちらもお品は一級品よ」

「ええそれはもちろん、わかっておりますけど。御納戸袴の薔薇学園といえば、華やかな士族華族のお嬢様方の集まりでしょう。せっかくお美しい盛りなんですもの、もっとめいっぱい着飾ってもようございません？」

要は地味だと言いたいのだろう。月乃くらいの年頃の娘は大抵華やかなものを好むし、贅《ぜい》を尽くした豪奢《ごうしゃ》な着物を美しく着こなすのもまた、若さの特権である。

店員の素朴な疑問に、女将は「わかってないわね」と人差し指を振った。

「天下の薔薇学園だろうが下町の洗濯場だろうが、女がひとところに集まれば妬み嫉《そね》みが生まれるのが道理でしょう。目立てばいいというものでもないわ」

「へえ。御納戸小町も意外に俗っぽいところがおありなんですねえ。私はてっきり、金持ち喧嘩《けんか》せずを地で行く上品な方ばかりかと」

「ほほほ。あの福澤《ふくざわ》先生もおっしゃっててよ。『天は人の上に人を造らず』ってね」

「はあ。なるほどねえ……」

小難しい話を持ち出されて、女店員はわかったようなわからないような相づちを打つ。女将は「そういうものなのよ」と目配せして、「ところで」と急に明るい声音で月乃の前に向き直る。

「うふふ、そうは言ってもやっぱりねえ……。ひとつくらいは『とっておき』があってもよろしゅうございましょ？」

期待のこもった眼差しで見つめられて——気付けば月乃は、コクリとひとつ頷いていた。

一方その頃フリッツは、店内に置かれた籐《とう》の椅子にひとり腰掛けていた。

「〈女の買い物は古今東西なんだってこんなに長いんだ？〉」

零れた愚痴は獨語だった。

月乃が衝立の裏に連行されてからゆうに二時間。既に手持ちの煙草は吸い尽くしていた。きゃいきゃいと女たちの賑やかな声がひっきりなしに聞こえてきて、しかし一向に終わる気配がない。ステッキに両手を乗せてイライラと革靴の先で床を叩くと、店の主人が申し訳なさそうにお茶のお代わりを持ってきた。

さすがにそろそろ文句を言ってやろうと立ち上がったところで、にっこりと満面の笑みを湛えた女将が現れた。

「お待たせしました不律様。——ほら、月乃様。こちらにいらっしゃって」

ほらほらと手招きされて、衝立の陰から月乃が現れる。

その姿に、フリッツは息を呑んだ。

二尺袖の着物は鮮やかな朱赤。雲取りに色とりどりの菊と桜が描かれている。帯はモダンな幾何学模様で、控えめな金絲《きんし》がきらりと覗く。どちらも普段の月乃なら選ばないであろうハッキリとした色柄だった。だがそのきらびやかさは彼女の華奢《きゃしゃ》な身体を凛と健《したた》かに見せ、襟袖から垣間見える白い肌を引き立てている。

「ふふふ。きちんとお顔も見せてさしあげませんと」

再び促されて、うつむいていた頭が持ち上がる。その顔は、ほんのわずかに化粧が施されていた。

軽く白粉《おしろい》の叩《はた》かれた頬は、薄い皮膚の下で息づく血潮を閉じ込めたような薄紅色。小さな唇には着物と同色の鮮やかな朱が引かれている。黒い瞳は恥じらいに潤んで、宝石のように輝いていた。

「あの、変……ではないですか……？」

ようやく絞り出したか細い声。よほど緊張しているのか、その手は身体の前で合わされたまま小さく震えている。

「ああ。……いや……」

フリッツは珍しく言い淀んで目を逸《そ》らす。一度咳払《せきばら》いをして、ちらりと横目で月乃を見た。

「まぁ……悪くないんじゃないか」

たったそれだけ？

隣に立っていた女将が口の形だけでそう訴える。当の月乃は少し困ったように笑って、重ねた手を腹の前できゅっと握った。

「外で待っていろ」

一瞬流れた沈黙を打ち消すように、フリッツが促す。そのまま女将と支払いなど込み入った話を始めたので、月乃はそれを立ち聞きすまいと言われた通り先に店を出た。

表は相変わらずの快晴だった。太陽は正中を過ぎたが、南北に伸びた通りに落ちる影はまだ短い。行き交う人々は皆どこかせわしなく足早だ。

月乃は改めて、着飾られた自分の全身を確認する。遥か昔、両親とアーク灯の見物に吟座を訪れた時は一張羅を着てめいっぱいお洒落をさせてもらった。果たして今の自分は、この街にふさわしい装いになっているだろうか、と。

《まぁ……悪くないんじゃないか》

普段は歯に衣着せぬフリッツが、珍しく言葉に詰まったように見えた。その様が、心にちくりと棘《とげ》を刺す。なぜかひどく落胆している自分に気付いて、月乃は困惑した。

ついさっき、美しい着物に袖を通した瞬間はあんなに高揚していたはずなのに。そもそもこんなに素敵な戴《いただ》きものを受け取っておきながら、後ろめたい気持ちを抱くこと自体、ひどく不誠実ではないか。

じわじわと己への嫌悪感が湧いてきて、はぁ、と小さなため息をつく。

（ミスター・イェーガーが店から出ていらしたら、ちゃんとお礼を言わないといけないわ）

きちんと彼の顔を見て、笑顔でありがとうと言えるようにしなくては。吟座の賑やかな景色を見て、沈んだ気持ちを整えよう。

そう考えを切り替えて、顔を上げる。その時、月乃の目に飛び込んできたのは斜向《はすむ》かいのショーウインドウに飾られた一枚の油絵――西洋画の画廊兼画材屋だった。額装も行っているらしく、店頭にはぴかぴかの額縁や様々な絵筆が飾られている。物珍しさに吸い寄せられるように近付いた月乃の目は、ある一点に釘付《くぎづ》けになった。

それは、木箱に入った舶来品のパステルだった。

精緻な蔦《つた》模様の描かれた箱に、美しく並べられた二十四色の画材。その鮮やかさに、思わず感嘆のつぶやきが漏れる。

（わあ、素敵な色……。まるで虹をそのまま閉じ込めたみたい）

父の形見の宝物、ミスターＫに何気ない日常の風景を切り取って届けるための月乃の水絵の具。大事に大事に使ってきたけれど、色によってはもうほとんどチューブが空になってしまっている。この間など学園の森で美しいオオルリを見かけたのに、その青い翼を描き留めるための青がなかった。

それに引き換え、窓硝子を隔てた木箱の中に行儀良く収められているのは、力強い青《コバルト》。静寂の藍色《ネイビー》。さらに輝く水青《シアン》まで。青だけで三種類もある。

（こんな素敵な色が揃っていたら、きっと空の青も海の青もオオルリの翼だって、思うままに描けるでしょうね）

月乃がうっとりと羨望の眼差しでショーウインドウを眺めていると、誰かがちょんちょんと後ろから下ろしたての着物の袖を引っ張った。

「お姉サン、絵が好きなノ？」

「えっ？」

振り返った月乃のすぐ後ろ。こちらを上目で見つめるのは、鮮やかな緑のフェルト帽子を被った見知らぬ少年だった。

突然現れた謎の少年は、目が合うなりにこりと微笑んだ。ちょこんと頭に被った緑の帽子の高さを差し引けば、月乃より少しだけ背が低い。

「お姉サンの目、キラキラしてる。黒真珠みたいに綺麗ダネ」

まるで口説くみたいに屈託なくそう言って、ぴたりと横からショーウインドウを覗き込んでくる。緑の帽子からはみ出した金の巻き毛、それに少したどたどしいしゃべり方。身に纏《まと》った簡素な貫頭衣はこの国では見慣れない趣である。

（異人さんかしら。ずいぶん人なつっこい子だわ。ご両親は一緒じゃないのかしら……）

「お姉サンは絵が好き。そうデショ？」

「ええ、そうよ。私は絵が好き。見るのも描くのも好きよ」

「ぼくネ、歌が得意だヨ」

「へえ……。そうなの」

突然の突飛な自己紹介も、子供にはよくあることだろう。月乃はさしたる疑問も抱かずに相づちを打つ。

「ネ、ぼくの歌きいてくレル？」

「……？　ええ、いいわよ」

月乃の返事を待たず、少年は朗々と唄い始めた。歌詞らしい歌詞はなく、ただ旋律だけの歌だった。聴きなじみのない調べだ。異国の歌だろうか。美しく、優しく、どこか悲しげで——。

「綺麗な声……」

美しい倍音が、脳に直接響き渡る。呼吸すら憚られてじっと息を潜めると、だんだんと他のことが考えられなくなってくる。

いつの間にか周囲は大通りの喧騒から遠く、人影が消えていた。

「ねぇ、ぼくのおうちにおいでヨ。ちょっと狭いケド、綺麗な珊瑚《さんご》や貝殻が飾ってあるンだ。お姉サンの目をくり抜いたみたいな、キラキラの黒真珠もあるんだヨ。特別、特別なきみにだけ見せてアゲル……。そしてきみに、特別な愛の歌を歌ってアゲル」

だからおいでヨ、とささやく声は閨《ねや》に女を誘うかのごとく色めいて蠱惑的《こわくてき》だった。

月乃が霞《かすみ》がかった思考でぼぉっと見つめると、少年はにっこりと歯を見せる。

その口元から覗く歯は――帽子と同じ鮮やかな緑色。

「――⁉」

おかしい。この子供は普通じゃない。月乃の頭ににわかに冷静さが戻ってきた。

あわてて一歩、距離を取ろうとする。だが少年はそれを許さず、月乃の右腕を摑んだ。その手はしっとりと冷たく湿っていて、振りほどこうにもびくともしない。

「い、痛……っ！」

「はやく来テ。ひとりぼっちはさみしい。さみしいからラ一緒に来て。早く。早く！」

「嫌！」

「ぼくの花嫁にナッてよ！」

細腕からは想像もつかないほどの驚くべき力で、グンと引かれた。転げそうになって前方によろけた身体を、少年が抱え上げようともう一方の腕を伸ばし――。

「ギヤアアアアアアアア!!」

次の刹那、少年は空気を引き裂くような叫び声を上げた。同時に、何者かが後ろから月乃の体をふわりと抱き込む。驚いて見上げると、少年の手の甲を黒い柄のステッキが貫き、白塗りの壁に縫い付けていた。

「ミスター……?」

途端に月乃はインバネスのケープの中、煙草とムスクの香りに包まれる。ステッキを手に、凍りつくような視線で少年を射すくめるのはフリッツだった。月乃の頭を胸に押し込めるように抱え直し、そのまま数歩、華麗に飛び退く。

「〈クソ野郎。何をしている?〉」

「〈うるさい! 邪魔するな!〉」

氷点下の声音で吐き捨てると、なんと少年からも獨語が返ってくる。

そこからは言い合いだった。獨語による口汚い罵倒語の応酬――だと思うのだが、もはや月乃には聞き取れない。

「ミスター……ミスター? フリッツさん!」

抱き込まれた腕の中、必死に外套《コート》の胸元を引っ張り呼び掛ける。わかりやすく苛立《いらだ》っているフリッツは、チッと盛大に舌打ちした。

「こいつは水妖《ニクス》だ」

「にくす……？」

「女を誘惑して水底《みなそこ》に引きずり込む水辺の怪異だ。おおかた船来の荷にくっついて来たんだろう」

「……！」

この辺りは水路が多い。もしもフリッツが助けてくれなかったら――。

その先を想像して、月乃はぞっとした。貫かれた手を庇ったままこちらを威嚇する少年《ニクス》は、イーッと緑の歯を剝《む》き出《だ》しにした。

「失礼なヤツ。ぼくは花嫁を探しているだけダ」

「Ah?　花嫁か生《い》け贄《にえ》かなぞ俺が知るか。水底に引きずり込むには変わりないだろう」

「誰でも彼でもじゃナイ。花嫁だケ」

連れ去られる側からしてみればたまったものではないが、彼には彼の理屈があるのだろう。

「俺は聖職者ではない。わざわざお前を悔悛《かいしゅん》させる義理もない。今すぐ去らねば殺す」

「なぜダ。……コノ娘はお前の花嫁なのカ?」

「そうだ」

少年《ニクス》の問いに、フリッツは至極堂々と答える。

「そうなのカ?」

あっさりと肯定されて、水妖《ニクス》は次に月乃を見た。

「………。そ、そうです」

「そうカ……」

真実はどうあれ、今は話を合わせるしかない。抱かれた腕の中から必死に何度も頷くと、我が意を得たりとばかりにフリッツの手が月乃の頭を撫《な》でた。

「ごめんネ、お姉サン」

その答えに納得したのか、急に少年から敵意が消えた。そのままこちらに背を向けると、トボトボと路地裏に消えてゆく。すると急に、耳から水が抜けたみたいに月乃の聴覚は明瞭さを取り戻した。

気付けば周囲のざわめきが息を吹き返して、大通りからは馬車鉄道の馬のいななきが聞こえていた。

「……あの、ありがとうございます……」

どくどくどく。息づくフリッツの鼓動をその胸の内で聴いた後。

ぴったりとくっついている身体を離そうと、月乃は目の前の胸板を押した。ようやく甘い拘束を解かれて改めて少年の去った方を見れば、彼の立っていた煉瓦敷きの地面に小さな水たまりができている。

「異国の地でひとりぼっちなんて、なんだか可哀想《かわいそう》ですね」

何気なくこぼした言葉に、フリッツが片眉を跳ね上げた。

「なら、奴《やつ》の花嫁になって永遠に水底で暮らすか？」

「それは……」

できません、と月乃が口ごもる。すると突然、フリッツが無言のまま彼女の肩を押した。

「きゃっ！　何……を」

月乃はたたらを踏んで後方の建物の壁際に押しやられた。そのままフリッツがドンと頭上で片手をついたので、白壁と黒ずくめの男の身体の、狭い隙間に閉じ込められてしまう。

抗議に口を開きかけたところで、ステッキの銀の持ち手が顎の下に押し付けられた。

無理矢理ぐいと上向かされて目を見張ると、冷たい灰の瞳がこちらを見下ろしている。

「お人好《ひとよ》しは君の美点だが、安易に同情すべきではない。彼らはヒトとは異なる道理を生きている」

彼は悪魔殺し《デモントーター》。怪異を滅する者。先ほどの水妖《ニクス》も彼にすれば先日の「影」とそう変わらない、倒すべき敵なのだ。

狩人の双眸《そうぼう》に射抜かれて、月乃の本能はぶるりと震える。

「ごめんなさい……」

追い詰められた野兎《のうさぎ》のように瞳を潤ませると、押し付けられたステッキが下ろされた。フリッツは壁に手を置いたまま、ハァ、と息を吐く。

「どうやら君は『誘引者《アトラクター》』の素質がある」

「あとらくた？」

「体臭、容姿、気質――あるいは魂そのもの。怪異に好かれやすい体質だということだよ」

「私がですか？」

「これまでの人生で心当たりがないのか？」

「わかりません……。あっ、でも」

フリッツの胸元辺りで視線を泳がせるうちに、おぼろげな記憶が流れ込んできた。

「子供の頃よく遊んだお友達に、不思議な子が多かったんです。雨の日にしか会えない子や、いつもお面を被って顔を隠している子とか……。私以外の人が来ると急にいなくなってしまったり、近所の人に尋ねても、誰も名前を知らなかったりして」

「まさにそれこそが怪異だろう。そんな調子でよく今まで五体満足で生きてこられたものだ」

「いつも必ず暁臣さんが見つけてくれたから……。入学してからは滅多に学園の外に出ないので、そういうこともなくなりましたけど」

今朝面会室で会っていた彼のことです、と付け加えると、フリッツは呆れたように鼻を鳴らした。

「君の騎士《リッター》はよほど優秀だったようだな」

そう言われてふと、思い出す。

月乃が五つか六つの頃だったか、「不思議なお友達」に誘われて神社の境内で遊んでいたら、ほんの数時間のつもりが数日も過ぎていたということがあった。近所中で「神隠しだ」と大騒ぎになったらしいが、その時月乃を見つけ出してくれたのも暁臣だ。

《貴女は面倒事に巻き込まれやすい性質《たち》なんだ。あまり学園の外へ出歩かないようにしてください》

彼の過剰な心配ぶりに、いつものお小言。ただの過保護だと思っていたけれど。

(もしもフリッツさんの言う通りなのだとしたら、私……。自分で思っていたよりもずっと、暁臣さんに助けられていたのかもしれないわ)

不意にコツン、とステッキが足元の石畳を叩く音がした。

月乃がハッと我に返って意識を目の前に引き戻すと、フリッツの美しい顔がこちらを見ている。

「君は己の危うさについて自覚的になるべきだ。――例えば今」

「今?」

オウム返しに尋ねると、フリッツはステッキを小脇に挟んで今度は己の手で月乃の顎を持ち上げた。

「俺を前にして、他の男のことを考えるのはいただけないな」

「えっ……?」

そのままフッと上から額に息を吹きかけて、月乃の前髪を乱す。

「Du bist wunderschön.《綺麗だよ》」

眠り姫の枕元でささやくかのような、優しく甘い声音だった。あまりの驚きに、月乃は石のようにぴしりと固まる。

「〈麗しの姫君から栄誉の口付けを賜るのは、騎士《リッター》だけの特権ではないだろう？〉」

「え、ええっ、えっとあの」

灰眼が意地の悪い弧を描いていた。

壁についた手は肘まで折り曲げられて、整った顔がみるみる近付く。上向かされた頬に白金の髪がかかり、紅の引かれた唇を親指でなぞられた。突然の出来事に息もできない。――そして次の瞬間。

朝から何も口にしていない月乃の腹の虫が、空腹に耐えかねて情けない鳴き声を上げた。


吟座の中ほどに支店を置く高級時計店。土蔵造りの二階建ての店舗の上は、舶来の大時計が掛けられた時計塔となっている。街の端からでも見える文明開化の象徴――そのすぐ真向かいに店を構える洒落た洋風食堂《パーラー》で、月乃は遅めの朝食兼昼食にありついていた。

既に胡瓜《きゅうり》の薄切りが挟まれた英国風サンドイッチを完食し、今はちょうど食後のアイスクリームに舌鼓を打っている。

「おいしい……」

銀鉢に載った乳製の氷菓子。柄の長い匙ですくって口へ運べば、ひんやり冷たくてあっという間に溶けてなくなってしまう。

「何杯でも食べられそうです」

「次からは君の腹の機嫌も考慮することにしよう」

月乃の向かいで長い脚を組んだフリッツは、そう言ってすぱあ、と煙を吐き出した。赤い火の点った紙巻煙草《シガレット》は、先ほど煙草店で新たに仕入れた舶来品。丸卓子《まるテーブル》に肘をついて紫煙を喫《の》む様はひどく気だるげだが、元々はこのアイスクリームも彼が追加で頼んでくれたものだった。たまたま隣の席に運ばれてきたものを、月乃がまるで宝石を見るような眼差しで見つめていたためである。

アイスクリームを大事に味わいながら、月乃は意を決して目の前の男に尋ねた。フリッツと初めて出会ったあの日、彼が滅した影の怪異についてである。

「あれは低級の使い魔、文字通りの『影』だ」

今居る場所が場所だけに濁されるかと思ったが、フリッツがあまりに堂々と答えたので月乃はかえって心配になって店内を見回してしまう。だが当の本人は「いずれ知れ渡ることだ」と、ことさら隠す気もないらしい。政府の意向はともかく、フリッツ自身は怪異の存在を大衆から隠し続けるのは不可能だと考えているようだ。

ならばと月乃もそれに倣って、こそこそするのはやめることにした。

「あの影が、被害者——ええと、要するに今朝の新聞に載っていた衰弱体で発見されたという男性——を襲った犯人ではないのですか？」

「影はあくまで影の主の思念の塊のようなもの、ごく単純な命令を実行するだけのかりそめの存在に過ぎない」

「つまり、その影の主こそが犯人ということですか？」

「だろうな。あの日、フロッケを偵察にやったところで相手に嗅ぎつけられた。あの時の影は相手の反撃《カウンター》だ」

あの日フロッケが怪我をしていたのは、悪魔殺し《デモントーター》であるフリッツの追跡を恐れた犯人——つまりは怪異の仕業であるらしい。

口に含んだ甘味を、月乃は思わずごくりと嚥下《えんか》する。そして今一度、今朝の新聞の見出しを思い出した。

「犯人は『吸血人』なんでしょうか？」

月乃の言葉に、ぴくりとフリッツの眉が跳ね上がる。

「きゅうけつびと？　――吸血鬼《ヴァンパイヤー》は人ではない」

吸血鬼《ヴァンパイヤー》。彼の追う怪異の名。

どこかで聞いたことがあるような気がして、月乃は何度か胸の内で反芻《はんすう》する。

「あ……！　もしかして、コウモリに変身したり、日の光を嫌い闇夜にしか現れないという……？」

「そうだ。コウモリに変身する、というのは迷信だが」

「お父様の書斎にあった本で、読んだ覚えがあります。あの、でも……」

「おとぎ話だと思っていた？」

「はい」

医学書ばかりが並ぶ父の書斎で、闇夜に生きる謎多き種族について論じたその本は異彩を放っていた。使われている獨語は古く、月乃はすべてを読むことができなかったのだ。

「純種の吸血鬼《ヴァンパイヤー》であれば永遠に等しい寿命を持っている。その肉体は老いを知らず、どんな怪我も立ちどころに回復する。奴らを滅することができるのは、特別な呪の刻まれた武器、あるいは同胞の刃だけ」

「同胞？」

「同じ吸血鬼《ヴァンパイヤー》の純種同士、あるいは純種が気まぐれで人と交わって生まれる半鬼人《ダンピール》だ」

人と吸血鬼《ヴァンパイヤー》の混血は常人より力に優れる、という話は、おぼろげながら月乃も目にした記憶がある。

そこで一旦会話は区切られ、フリッツは席のすぐ脇、通りに面する窓を見た。たっぷりと紫煙を吸い込んで、窓辺に向かって細く吐き出す。その間、月乃は惜しみつつも器のアイスクリームを平らげた。

「うぁんぱいや……そんな恐ろしいものが、学園の周囲に隠れているんですか？」

「帝国陸軍はそう考えている」

「フリッツさんの考えはそうではない、ということですか……？」

月乃の指摘に、フリッツはにやりと口角を持ち上げる。

「吸血鬼《ヴァンパイヤー》にとって、吸血は本能だ。奴らにとってそれは活動を維持するための食事であり、快楽を得るもの――性行為の代替でもある」

「つまり」フリッツは言葉に溜《た》めを作って、灰皿に火種を落とした。そのまま美しい顔を月乃に近付けると、打ち明け話のようにそっとささやく。

「一年にたった四件で満たされるはずがないのだよ」

少し手を伸ばせば触れそうな距離。こちらを見つめる灰眼は微笑みの形に細められ、けれど妙に妖艶で。月乃は状況が呑み込めず、目をぱちくりさせる。

(つまり、血を吸わないと吸血鬼《ヴァンパイヤー》もお腹が鳴ったりするのかしら……?)

先ほどの己の失態が頭をよぎって、思考が妙な方向へずれ始めた月乃。

特に恥じらうでもないその反応が予想と違ったのか、フリッツは少しムッとした様子で乗り出していた身体を起こした。椅子の背もたれに背中を預けて木製の猫脚を軋ませると、一転してぶっきらぼうに「それに」と続ける。

「血を吸われた者は普通は死ぬ。死ななければ吸血鬼《ヴァンパイヤー》の眷属《けんぞく》となり、同じように血を求める者になる」

新聞記事によれば、被害者の男は死んではいない。血を求めて暴れたというような話もなかったし、過去の被害者も同様ということだろう。

「事件の頻度と、被害者の状況。その二点から、吸血鬼《ヴァンパイヤー》の犯行と断定できない、ということですね?」

「ああ、そのつもりだったのだが――。どうやら例外もあるらしい」

「えっ?」

突然、フリッツはまだ長い煙草を灰皿にジュ、と押し付ける。そのまま立ち上がったかと思うと、窓辺に近寄り外を見た。釣られた月乃が席から首を伸ばして硝子越しの秋空を窺うと――。

吟座の上空を、一羽の白いフクロウが旋回していた。

フリッツは素早く壁掛けのインバネスコートを羽織ると、丸卓子《まるテーブル》に無造作に紙幣を置いて外へ出た。すぐさま上空を見上げて、ピュイと指笛を吹く。すると近場の屋根に下り立ち主を待っていたフロッケが、再び翼を広げて羽ばたいた。白い影は一度ぐるりと青空を旋回して、そのまま西へと飛んでゆく。

「学園の方角かしら……？」

遅れて表へ出た月乃が手で庇《ひさし》を作りながら仰ぎ見ると、隣の男は苦々しげに舌打ちした。

「この間の襲撃からまだ二週間経《た》っていない。しばらくはないだろうとタカを括《くく》っていたが……急いで戻るぞ」

「わっ、わかりま……きゃあああ⁉」

言うが早いか、フリッツは月乃の身体を浚《さら》うように掻き抱いた。彼女の上体を肩にかつぐと、まるで荷物のように片手で膝の裏を抱えて走り出す。月乃は後ろ向きのまま、パーラーの看板が遠くなっていくのをぽかんとした顔で見送った。

あっという間に大通りへ突き当たって、今度は通りがかった馬車鉄道に飛び乗りそのまま心橋方面を目指す。ステーションの手前まで戻ると、例の大柄な俥夫が待機していた。

「急ぎで学園まで戻る。お前の全速力を見せてくれ」

「へぇ、そりゃあ腕が鳴る。いやこの場合は脚か？　まあどっちでもかまやしねぇ、合点承知！」

乗り込むなり、男が俥の梶棒を取って座席の足元が浮いた——のも束の間《つかのま》。間を置かず、ドン！　とものすごい勢いで走り出した。

ぐんぐん他の人力車や大八車を追い抜いて、瞬きするうちに心橋の景色が遥か彼方《かなた》となる。背高の俥夫の全力は一歩が飛ぶように大きく、彼が地を蹴る度にバネの入った座面がガタガタと跳ねた。どうやら行きの速度は彼にとっては流し程度で、かなり丁寧に走ってくれていたらしい。月乃は舌を噛まないよう口を引き結んで、幌骨《ほろぼね》に摑まっているのが精いっぱいだった。

そうしてわずか行きの半分ほどの時間で、元居たところと同じ学園の橋の前に到着した。

「だあ——っ！」

帰り着くなり、俥を停めた俥夫は盛大に地面に大の字に倒れ込んだ。さすがに限界らしい。

さんざん揺さぶられ、翻弄され続けた月乃は酔って青ざめていた。目まぐるしく変化する景色はさながら回り灯籠のようで、今も頭の中がぐるぐるしている。

「ごめんなさいフリッツさん。私、ちょっと……」

「悪かったな。少し休んでおけ」

一方、フリッツは俥が止まるなり素早く飛び下りる。ばさりと漆黒の外套《コート》を翻すと、あっという間に学園の方へ走っていってしまった。

月乃はしばらく呼吸を整えてから、やや遅れて学園へと戻る。フリッツの姿を探そうとしたところで、正門脇の赤松にフロッケが留まっているのが目に入った。

「フロッケ！　……待っていてくれたの？」

ギェ、と一声鳴いて羽ばたいたフロッケに導かれるまま駆けていくと、中庭の隅、生垣の薔薇を株分けして育てている薔薇園の辺りに、何人かが集まっていた。

フリッツと学園長。地べたに座り込んで泣いているのは御納戸袴の女生徒。それから――。

「お嬢様！」

「暁臣さん？　どうしてこちらに？」

今朝面会したばかりの暁臣だった。月乃が驚き問いかけると、彼の眉間がぎゅっと険しくなる。促すように伏せられた暁臣の視線の先を見て、月乃は恐怖に竦み上がった。

フリッツがしゃがみ込んで検分している赤土の地面に、ひとりの男が倒れていた。仰向《あおむ》けに寝かされた顔面は蒼白《そうはく》で、意識はないらしくぴくりとも動かない。服装は暁臣と似たような書生風、すぐ側に彼のものと思われる学帽が落ちていた。

そして先ほどからその男の身体にすがりついてわあわあと泣いているのは、月乃と同学年のスミ江《え》である。

「彼は帝大の同期で、下宿先が同じなんです。ついさっき学園から大家さんに連絡が来て、彼の実家に連絡を取る間、俺が代わりにできることがあればと……」

「俊雄《としお》さん！　俊雄さん……っ！」

それが男の名前なのだろう、スミ江はうわ言のように繰り返している。第一発見者だという彼女はしばらく声を上げて泣いていたが、学園長に促されるとようやくつっかえつっかえ事情を語り始めた。

「彼とは今日、ここでお会いする約束をしていたんです……」

中庭の薔薇園で、人目を憚るように若い男女が会う約束。それがいわゆる逢い引きだろうということは鈍い月乃にも察せられた。

「ま、待ち合わせの時間にここへ来たら、彼が、彼が倒れていて……わあああああ！」

そこまで言ってまた、男の胸元に倒れ伏す。ヒックヒックと肩を震わせ泣き続ける彼女の背に、学園長は弄んでいたカイゼル髭を手放し叫んだ。

「井崎《いざき》スミ江くん、君は今月末で結婚のために退学する予定だろう。それが男と密会とは……！」

「えっ……!?」

同学年の月乃にとっても初耳である。

月乃の驚きをよそに、普段あまり大声を出すことのないスミ江はキッと学園長を睨みつけた。

「決められた縁談に逆らうつもりはございません！　ただ……。ただこの学園から去る前に、もう一度だけ俊雄さんにお目にかかりたくって！」

いくら薔薇学園で真面目に学業を修めようとも、女にとって家の決めたことは絶対だ。望まない婚姻を嘆くスミ江の姿は、月乃が――あるいはこの学園に通う女生徒皆が、そう遠くない未来に通るかもしれない道である。

胸が痛かった。月乃はぎゅっと身体の横で拳を握る。すると隣に立っていた暁臣の手がそっと、それに触れた。

「彼は最近、思い悩んでいるようでした。スミ江さん……貴女《あなた》の幸せを願う気持ちと、自分の想《おも》いとの間で」

「今日最後にお会いして、美しい思い出になったなら憂いなくお嫁に行けると思ったんです。それが、こんな……！」

暁臣はふたりの関係を知っていたのだろう。穏やかに告げればスミ江はまた、はらはらと涙を零した。

一方、俊雄の横に片膝をついたフリッツは若い男女の感傷などどこ吹く風だ。手首の脈、頸部に穿たれたふたつの傷、周囲の土の上の跡をひとつひとつ丹念に確認している。

「敷地の魔除《まよ》けが割られた形跡はない。これまでと同じく噛み痕があるが、血はほとんど吸われていない。だが――」

「だが？」学園長がごくりと固唾を呑む。

「吸われたのは血ではなく、生気。生命力そのものだ。回復するには少し時間がかかるだろう」

「俺が連れて帰ります」

　暁臣の手のぬくもりが月乃から離れて、彼はそのまま俊雄の頭の横に膝をついた。意識のない男の上体を起こして、腕を肩掛けにかつぐ。するとじっとその様を横で見ていたフリッツが、ふと暁臣に話しかけた。

「騎士殿《ヘル・リッター》、お前の見立てはどうだ？」

「わかりません。ここはにおいが多すぎる。土のにおい、白薔薇《ホワイトローズ》のにおい、それに血のにおい」

「血のにおいは追えるか？」

「――女性はいつでも、血のにおいがしますので……」

　暁臣の濁した言葉に、フリッツは「なるほど」とだけつぶやいた。そのまま暁臣が友人を抱えて立ち上がるのと同時、彼も膝の土を払ってその場に立ち上がる。

「大丈夫なの？　病院には行かなくていいの？　ねえ、俊雄さんは大丈夫なの!?」

「命に別状はないだろう。だが念のため、陸軍病院へ連れて行け。加納の名を出せば話が通るようになっている」

「私も！　私も参ります！」

「五月蠅《うるさ》い」

なおも追いすがろうとしたスミ江に、フリッツはいつもの英国紳士の仮面を被ることも忘れて盛大に舌打ちした。

「少しでも男を助けたいという気持ちがあるのなら、まずは尋問に協力しろ。君には聞かねばならないことが山ほどある」

「ロクに悲しむ時間もくださらないの⁉ 冷血漢！ 人でなし！」

「悲しんで事件が解決するならそうしろ」

「ひどい！ あんまりよ！ わあああああ……」

泣き崩れるスミ江と、苦々しい表情でそれを見下ろすフリッツ。ふたりの姿を間近で見て、月乃の胸はまた、締め付けられた。

翌日。傷心のスミ江は授業に現れなかった。

朝食にすら姿を見せない彼女を級友たちは「体調不良かしら」と心配していたが、午前の授業が終わる頃にはどこからともなく昨日の事件のことが広まっていた。

「スミ江は男と駆け落ちしようとして学園長に見つかったのだ」――と。

相手の男が怪異に襲われたという事実は巧妙に隠されて、しかしその他の部分にはいかにも女学生が好みそうな尾ひれ背びれが付いていた。

曰く、手に手を取って逃げ出そうとしたところを説得されて思い留まっただの、いや肝心のところで気の弱い男が発作を起こして倒れてしまってご破算になっただの、まるでロマンス小説か人情本のようなありさまだ。

「俺が学園長の頼みで隠蔽――もとい、情報を操作したのはあくまで怪異に関する部分だけだ。その他の有象無象は話が広まる過程で勝手に創作されたのだろう」

昼休みに問いただすと、フリッツはけろりとそう言い放った。

「スミ江さんは駆け落ちしようとしていたわけじゃありません！　ただ、最後にひと目相手の方にお会いしたかっただけだと……」

「言っておくが訂正するつもりはない。話が錯綜《さくそう》するならそれで結構。まあ、わずか一日足らずでここまで話を劇的《ドラマチック》に改変してしまう君たちの想像力の逞《たくま》しさにはいささか驚いてはいるが」

「でも、これではスミ江さんの恋の思い出が汚されてしまうみたいで……」

うつむく月乃を後目《しりめ》に、フリッツは冷淡に背を向けた。

「君にはわかるというのか？　美しい恋、汚い恋の違いとやらが」

その問いに、月乃は答えることができなかった。

結局スミ江の噂は学内を二巡三巡し、そのたびに脚色されて真実から遠ざかった。そして夕食の折に、舎監の須藤女史から「スミ江は結婚のために退学し、郷里へ戻る」ということが皆に告げられた。

本来であれば、月末までは学園に残るはずだったのに——。

「恋って、難しいのね」

その日の晩。

寄宿舎の窓から外を見ていた月乃は、月夜に向かってぽつりと独りごちた。

スミ江と俊雄。想い合っているのに、ふたりは結ばれない。

そしてもうひとり頭によぎるのは、昨日吟座で月乃を攫《さら》おうとした水妖《ニクス》のこと。

彼の求める「花嫁」は人のそれとはたしかに違う。でも、あの少年は独りが淋《さみ》しいのだと言っていた。だとしたら、誰かに側に居てほしいと願うその気持ちは、人とどれほど違うというのか。

どれも大切で、どれも尊いもののはずなのに。どうして神様は、恋の成就と愛の永遠を叶えてくれないのだろう。

《お人好しは君の美点だが、安易に同情すべきではない》

《君にはわかるというのか？　美しい恋、汚い恋の違いとやらが》

不意にフリッツの言葉が蘇って、胸の奥がつきんと痛んだ。

（わかってる。わかってるわ。恋ってそんな簡単な——ひとくくりにできるようなものじゃないって）

ミスターKのことを考える時、月乃の心はいつだって温かく軽やかだった。だから恋とは常にきらきらと輝いていて、人を幸福にしてくれるものなのだとばかり思っていた。でもそれは、恋と呼ばれるもののほんの一側面にすぎないのかもしれない。

月乃はまだ、恋のなんたるかを知らない。

ここのところ不意にやってくる胸の痛みの正体すら、まだわからないのだから。

ハァ、とため息をついて両開きの窓を閉じた。

振り返ると、寝支度に寝台の上で黒髪を梳いていた千代がまるで狐《きつね》につままれたような目でこちらを見ている。

「どうしたの藪《やぶ》から棒に。……井崎スミ江さんのこと？」

どうやら先ほどの独り言を聞かれていたらしい。

「ええ、もちろんそれもあるけど……」

「かえってあきらめがついて良かったんじゃないかしら。彼女、お家《うち》が事業をしてらっしゃるもの。お相手の方は苦学生だったみたいだし、いずれにしても上手くいかなかったと思うわ」

ぴしゃりとそう言い切って、つげ櫛を机の抽斗にしまう。ひどく薄情な台詞に聞こえるが、月乃はその奥に隠された、千代の抱えるものの重みを知っていた。

彼女は子爵家の娘だ。家同士の格や結び付き、相互の利益——そんなものによって女としての未来が決められてしまう現実を、千代は誰よりもわかっている。

「ねえねえ、そんなことより。昨日買った新しい着物、届いたんでしょう？　どんなものなのか知りたいわ。見せてちょうだいな」

昨日着て帰った朱赤の着物を、千代は絶賛してくれた。他にも何着か手元に届く予定だと伝えると、跳び上がって喜んだ。

だが案の定、「一体どうしたの」と問われて。まさかフリッツ——表向きは新任の英語講師である——とふたりきりで出掛けたなどと言えるはずもなく、月乃は嘘《うそ》ではないが真実すべてではない、という曖昧な答え方をせざるを得なかった。

「私の身なりを見かねた方が、施してくださったの」

「そういうのは施しではなく『贈り物《ぷれぜんと》』と言うんではなくって？」

「present《プレゼント》……」

「贈り物」と訳される英単語は他にもいくつかあるが、〝present〟という言葉はその中でも特に、親しい間柄の相手へ贈るごく個人的なものを指すのだという。フリッツの英語の授業でそう習ったばかりだ。

素敵な言葉だと思った。相手を喜ばせようという純粋な優しさに満ちていて、口にするとなんだかわくわくする。

（そうね。これはフリッツさんからのプレゼントだわ）

早く早くと腕にまとわりつく千代に急《せ》かされて、月乃は自分の寝台の上で、今日の日中に呉服の志まやから届けられた包みを開いた。

「あら、素敵じゃない！」

「これは……」

千代が歓声を上げた。正絹の紫の風呂敷に収められていたのは、昨日女将たちと決めた通りの淡藤色の牡丹唐草、鳥の子色の矢絣、新品の御納戸袴。そして、重ねられた着物の一番上にごく自然に添えられていたのは――。

木箱に入った、二十四色のパステル。

（どうして……いつの間に……？）

おっかなびっくり蓋を持ち上げると、箱の中心に行儀良く並ぶみっつの青色が、天井から下がった円芯の吊り洋灯《ランプ》の光を受けてきらりと輝いた。

不意にまた、胸の奥がつきんと痛くなる。

月乃はまだ、恋のなんたるかを知らない。

◇　◇　◇

帝都の台所と呼ばれる尽地《つきじ》、そのほど近くに開国後に整備された外国人居留地がある。宣教師や知識人が多く住みあちこちに教会が点在するこの地域に、要人が居住するためのひときわ大きな洋館があった。

二階の出窓を開け放ち、長い手足を投げ出して窓辺に腰掛けるのはこの館の仮の主《あるじ》だ。そこへ一羽の白いフクロウがどこからともなく飛んできて、ばさばさと男の元へ降り立った。

フクロウをひと撫でした男は、先ほどから一枚の紙を月明かりに透かして飽きもせずに眺めている。はがき大のその紙に描かれているのは、三日前に彼が訪れた吟座の風景だった。

彼は先日、ひとりの少女にパステルを贈った。美しい木箱に入った、舶来の珍しい品である。この絵手紙は、そのパステルを使って描かれた彼女からの返礼だった。

「その……拙いですけど。いただいたパステルで一番初めに描くものは、フリッツさんに差し上げたくて……」

今日の昼、そう言って差し出された一枚の絵。拙いだなんてとんでもない。その洋紙には青空の下に並ぶ煉瓦街の白壁が、生き生きと写し取られていた。

「あの、ごめんなさい！」

フリッツが感心して絵に見入っていると、月乃は突然がばりと頭を下げた。

「この間、スミ江さんの噂についてあなたを責めるような言い方をしてしまいました。フリッツさんのせいじゃないのに私――」

「いや」

月乃の謝罪を制し、首を振る。

「あの事件は俺の監視下で起きた。すべては俺の失態で、俺に責がある」

「――それが、苛立ちの原因ですか？」

月乃の声がすっと穏やかになった。頭を上げる動作で流れた黒髪の合間から、曇りのない目がこちらを見ていた。

「この数日、ずっと何かに怒っているみたいに見えたので……」

「俺が？」

「はい。でも理由がわかりました。フリッツさんはご自分に腹を立てていらしたんですね。他の誰でもなく……自分自身に」

知らずのうちに胸に抱えていた小さなわだかまりを、月乃の言葉が掬《すく》い取った。淀んだ水底に月の光が差し込むような感覚に、フリッツの心はさざめく。

「君は誘引者《アトラクター》でありながら長年怪異の存在に気付かないくらい鈍感なはずなのに、時折妙に鋭いな」

内心の驚きを、不敵な笑みで覆い隠す。だが口から出たのは冴《さ》えない皮肉だった。

この少女を前にすると、貴顕紳士の仮面はどうにも上手く機能しない。

それすらも心地よいと感じている自分を、フリッツは静かな瞬きと共に受け入れた。

なんてことないふりで手元の絵に視線を落として、そこでとあることに気が付く。

一見写実的な、月乃の描いた風景画。だがその中に、現実の吟座の景色とは異なるいくつかの虚構があったのだ。

まず、煉瓦通りを彩る並木。彼女と訪れた三日前には柳の木だったそれが、絵の世界では満開の桜に置き換えられていた。そしてその根元の植え込みは花壇になっていて、色とりどりの菊の花が咲き乱れている。

「これは……」

本来桜と菊は季節が違うので、ふたつが同時に花咲くことはない。

今を盛りと咲き誇る満開の桜と菊――それは、彼が月乃に贈った朱赤の着物の柄だ。

月乃がこの一枚に込めた想いは、あふれんばかりのフリッツへの感謝だった。

「フリッツさん」

「なんだ」

「ありがとうございます」

「……ああ」

この娘は欲がない。満ち足りることを知っている。その言葉が打算のない純粋なものだとわかるから、「ありがとう」と言われるとなんだか少し気恥ずかしい。

長らく他人の言葉の裏に悪意や魂胆を探るのが日常になっていたせいで忘れかけていたが、誰かに感謝されるということは本来、とても気分の良いものなのだ。

そんな当たり前のことを、彼女は思い出させてくれる。

「あの、ミスター・イェーガー」

出し抜けに、ややかしこまった調子で月乃が呼んだ。

なんだ、と返すと、彼女はフリッツの胸の辺りと自分の手元に視線を行ったり来たりさせている。いくらかの間を置いてようやく、じっと彼の顔を見上げた。

「私……恋について知りたいんです。だから、教えてくれませんか？」

「は？」

突然の大胆な告白に、フリッツは柄にもなくどきりとした。

思わず瞠目《どうもく》すると、月乃は日だまりを得た花のように笑顔を開かせる。

「ですからその、洋書でおすすめの恋愛小説があれば教えていただきたいんです。シエイクスピアはいくつか読んだのですが、私には少し難解で――痛っ！」

一瞬でも見当違いの想像をしてしまったことが癪《しゃく》に障って、フリッツは月乃の眉間を強めにつついた。

彼女の無垢《むく》さは未踏の新雪に似ている。純白の野をめちゃくちゃに踏み荒らしてやりたくなるような、昏《くら》い欲を抱かせることがある。

「いいだろう」

不健全な空想をしまい込み、フリッツは手元の絵に口付けた。紳士らしく余裕じみた態度でひらりと片手を振って、ウインクひとつ残すことを忘れずに。

「俺もちょうど、知りたいと思っていたところだ」

――それが、つい数時間前のこと。

去り際の月乃のきょとんとした顔が克明に思い出されて、窓から月夜を眺める男はふっと笑った。

改めて彼女の絵を天にかざすと、まるで眩《まぶ》しいものでも見るかのように目を細めた。こんな小さな絵手紙が、ひとりの少女の笑顔が、冷え切った心を熱くする。

「〈まるで写真のようだな。これが独学だというんだから恐れ入る〉」

彼女の想像の翼で色付いた世界。その表面を愛《いと》しげになぞる男の指を、ホッホッホウ、とフクロウのさえずりが遮った。

「〈もちろん忘れていないとも。彼女は〝Selene《セレーネー》〟〉」

フクロウに答えるようにそう言って、男は上着の内ポケットから何かを探る。右手に取り出されたのは手のひらほどの大きさのくたびれた紙束だった。何枚かの紙を折って束ねたものが、革紐《かわひも》で綴じられて冊子のようになっている。

「〈知れば知るほどその名が相応《ふさわ》しい。Selene《セレーネー》――冷たい大地で眠る男に、鮮やかな夢を運ぶ月の女神の名だ〉」

その表紙を彩るのは、水絵の具で描かれた青白い月。子供らしい丸っこい字で書かれた題名《タイトル》は、『さみしそうなおつきさま』。

添えられた署名は――〝TSUKINO.U〟。

◇◇◇

おつきさまはさみしそう。

いつもひとりぼっちで、よぞらにおふねをうかべているから。

濃紺の大海《そら》にぽっかりと浮かぶ上弦の月。その孤独を慰めたくて、たくさんの星と共に洋紙に描いたのは、いつの時分だったか――。

# 第三章　孤高の月が満ちる時

ある晴れた日の昼休み。手早く昼食を終えた月乃はひとり、人気のない裏庭へ向かっていた。

学舎の北側に位置する玉砂利の日本庭園。そのさらに奥の奥に、ひっそりと据えられたひとつの長椅子《ベンチ》がある。学内でもこの場所を知る者は少ないだろう。

「フリッツさん、今日も廊下で質問攻めにされていたけれど……もういらっしゃっているかしら」

美貌の悪魔殺し《デモントーター》フリッツ・イェーガーが英語講師としてこの学園にやってきてから、もうすぐ一ヶ月が経とうとしていた。彼が喧《やかま》しい女学生の目から逃れるために見つけたこの場所は、月乃にとっても亜矢たちに邪魔されることなく昼休みを過ごすための恰好の隠《かく》れ処《が》だった。

――いや、既に月乃にとってそれは半分建前だ。この場所に来れば彼がいる。いつの間にか、それがもう半分の理由になりつつある。

どちらがそう決めたわけでもなく、自然と日常の一部に溶け込みつつあるふたりの逢瀬《おうせ》。もちろん逢瀬と言っても、決して色っぽいものではない。月乃はそこで本を読んだり絵を描いたりして、フリッツはその隣で黙って煙草をふかしているだけだ。一応、月乃が英語の課題について尋ねると、しぶしぶといった調子ではあるが答えてくれる。

英語講師としての彼は洗練されていて、常に効率を重視する。ゆえに授業の進みも早いのだが、質問にはいつも端的で明確な答えをくれる。月乃にとってはこれ以上ない優秀な教師であった。

庭を囲む石畳の道を途中で外れ、見事な枝ぶりの楓《かえで》と松が切り取った景色の向こう。一列に並んだ椿の植え込みの裏側に、その空間はある。

足取りも軽い月乃が胸に抱えている本は、丁国《デンマーク》の作家アンデルセンの童話集。フリッツが貸してくれたものだ。

（フリッツさんは、たまたま屋敷にあったものだとおっしゃっていたけれど……）

先日月乃が「恋愛小説を読みたい」と言ってから、フリッツは何冊か本を貸してくれた。この童話集はそれとは別に、おととい突然ぽんと渡されたのだ。

これまでは新しい本に出会えた感激ばかりが勝って、その出どころまでは気が回っていなかった。しかしさすがに、彼がひとりで住むという屋敷に子供向けの童話集が最初からあったとは思えない。

だから、この童話集は自分のために彼がわざわざ用意してくれたのではないかと――月乃が色んな国のおとぎ話を知りたいとぽろりと口にしたから――そんな都合の良い想像が、胸に灼《や》きついて離れない。

いつの間にか、この昼休みが一日の中でも特に待ち遠しい時間となっていることに月乃自身も気が付いていた。

（いらしたわ）

椿の木の途切れ目からからひょこりと顔を覗かせると、こちらに背を向ける形で置かれている木製の長椅子《ベンチ》に、いつもの先客が居る。

「フリッツさ――。……？」

声を掛けようとして、月乃は出かかった言葉を呑み込んだ。

フリッツの様子がいつもと違う。

彼が先にここに来ている時は必ず、月乃が近付けば振り返る。たまには脅かしてやろうと忍び足をしてみても、必ず気付かれてしまうのに。

しかし今日の彼は動く気配がない。長椅子《ベンチ》の背に頭を預け、顔の上には周囲の視線を遮るようにちょこんと中折れ帽が乗せられている。

(まさか、眠ってらっしゃるの?)

珍しいこともあるものだ。月乃の胸に、寝ている人を起こしてはいけないという優しさと、ほんの少しの好奇心が同時に湧き上がった。

いつも隙のないこの男の、無防備な表情を見てみたい、と。

胸元に本を抱き、息を殺してそっと近付いた。背もたれの後ろからその姿を覗き込もうとして――。

「きゃあ!」

突然ぐい、と本を抱えていた手首の片方を引っ張られる。不意のことに思わずよろめいて、天を仰ぐフリッツの頭に月乃の上体が被さった。目を見開いて見下ろすと、取り除かれた中折れ帽の下から、不敵に微笑む美しい顔が露わになる。

「悪魔殺し《デモントーター》の背後を狙うとは、なかなか命知らずだな」

「……!」

やはり気が付かれていたのだ。

月乃の結流しの髪が垂れ絹のようにフリッツの顔の周囲に掛かり、ふたりは陽光から覆い隠された。今なら灰の瞳に被せられたまつげを一本一本数えられそうなくらい近い。だがその優雅さに呑み込まれたなら、今にも鼻同士がぶつかりそうだ。

何か言葉を発したら息がかかってしまう。先ほどからやけにうるさい心臓の音がフリッツに聞こえてしまう。月乃は呼吸するのも遠慮して、必死に口を引き結んだ。

なんとか退《ど》こうにも、右手首はしっかりと押さえつけられたまま。

どきん、どきん。

焦り固まっているうちに、空いているフリッツの左手が見下ろす月乃の頬に触れた。

その指のひとつひとつが、燃えるように熱い。

「Ich breche dich, Röslein auf der Heiden〈手折ってしまおうか、野中の薔薇よ〉……」

掴まれた手首を引く力が強くなる。悩ましげに吐き出された吐息は頬に煙り、ただでさえ熱い月乃の顔の表面をさらに熱くして——。

(待って、待って待って待って待って!)

まさに鼻先が触れ合うかというところで、月乃は渾身の力でこれに抵抗した。

ごいんっ!

「~~~~っっ!」

鈍い音がして、気付けば月乃はフリッツの額に思いっきり頭突きを食らわせていた。

すぐに手が離れて、月乃はあまりの痛みに額を押さえてその場にうずくまった。同様に額を押さえたフリッツも無言である。

「……こんなに手痛い一撃は久々だ」

「ごっ、ごめんなさい！」

「いや、おかげで目が覚めた」

冗談めかした言葉に、火照った身体と心が急激に冷やされる。

(――やっぱり、寝惚《ねぼ》けてらしたんだわ)

すとんと腑に落ちて、同時にとても腹立たしいような、ざわざわとした感情が拭えない。

複雑な想いを胃の奥に押し込んでいつものように長椅子《ベンチ》の前に回り込むと、だらしなく脚を組んで背もたれに寄りかかっていたフリッツが急にしゃきりと立ち上がった。

そのまま恭しく月乃の片手を取って、今自分が座っていた日当たりの良い方へと座らせる。

(本当に、驚くほど自然だわ。これが西洋の紳士の作法なのね……)

何をしても絵になる男だ。初めの頃は月乃も狼狽えてしまったが、これは彼にとってごく当たり前を実践しているに過ぎないのだ。いちいちドキドキしていたら心臓が何個あっても足りない――のはわかっているのだが、やはり何度されても気恥ずかしくて落ち着かない。

月乃がどう話題を切り出すか考えあぐねていると、隣に腰掛けたフリッツの方から「どうだった？」と問いかけてくる。彼の視線の先にあるのは、月乃が胸に抱えているアンデルセン童話集。

「はい！ とても楽しく読みました。どの話もあたたかくて、作者の優しい目線に満ちていて――」

物語の話を振られて一転、興奮を隠しきれない月乃は饒舌《じょうぜつ》にしゃべり始める。抱えていた本を陽《ひ》にかざすように両手で持ち上げると、それを聞いていたフリッツは「ん？」と不思議そうに眉をひそめた。

「優しい？ だが燐寸《マッチ》売りの少女も赤い靴の娘も最後は死んでしまうだろう？ こんな後味の悪い話を子供に読まそうだなんて、とんでもないひねくれ者に違いないと思ったが」

「それは……。私はこの方は、とても敬虔《けいけん》で真摯な方なんだろうと思いました。物語の登場人物に、死という形でしか救いを与えられなかったんじゃないかなって……」

「会ったこともない作者にずいぶんと肩入れするな」

「そうだったらいいなという願望です」

そのまま月乃は本を開いて、「ここの場面が……」とひとつひとつ丁寧に感想を述べ始めた。フリッツはその本をさりげなく自分の膝の上に導いて、覗き込んでくる月乃の肩を抱く。するとふたりの身体はぴったりと密着したが、本の話に夢中な月乃は気が付かない。

さすがのフリッツも慣れたもので、しまいには「へえ」とか「ふうん」とか適当な相づちを打ちながら、抱き寄せた手で彼女の黒髪を弄んでいた。

「あの、フリッツさんはナイチンゲールの鳴き声を聞いたことがありますか？」

ふと、月乃が問いかける。

彼女の指差す見開きに書かれた短編の題名は、その名もずばり『ナイチンゲール』。東国の帝《みかど》がナイチンゲールを捕まえて、その美しい声に救われるという話だ。

「ナイチンゲールは西欧ではそれほど珍しい鳥ではない」とフリッツが説明すると、月乃はうっとりと目元を綻ばせる。

「天子様が涙を流すような美しい声を、私もいつか聞いてみたいです」

欲にまみれた強突く張りばかりの世界で、この娘の望みはいつだってささやかだ。

その澄んだ心に触れれば、フリッツの表情も自然と穏やかになる。

「――君が望むなら――」

ナイチンゲールの挿絵をなぞる月乃の指を、フリッツの手がそっと上から包んだ。

そのまま静かな声で、本に声を落とすようにつぶやく。

「君が望むなら、ナイチンゲールの棲《す》む森にお連れしよう。いつでも」

「はい！　ありがとうございます」

そのためには遥か海を越えなければならないのだが、月乃はそれを社交辞令と受け取って無邪気に笑みを返した。返したところで、急に「あっ、でも……」と尻込みする。

「ナイチンゲールは夜しか鳴かないんですよね？　私、ちゃんと気付けるかしら。その時はフリッツさんも一緒に聞いてくださいますか？」

たしかめるように見上げると、何気ないはずのその言葉にフリッツが突然咳《せ》き込《こ》んだ。

「……そういう台詞を易々と言うのはやめなさい」

「？」

フリッツは口元を手で覆って視線を逸らしたかと思うと、いつもの英語講師の口調で窘《たしな》める。月乃がきょとんとしていると、もう一度盛大に咳払いをしてみせた。

「ナイチンゲールの声を共に聞くという誘いは、つまり長い夜を共に過ごす——共寝をするということなのだが」

「……あ……」

そこまで言われてようやく、月乃も自分の言葉の隠された意味を理解する。急に恥ずかしさが込み上げてきて、真っ赤になってうつむいた。

「すみません……」

急にしおらしくなった月乃の様子に、フリッツはかえって余裕を取り戻したらしい。

ニヤリと意地悪そうに微笑むと、赤くなった彼女の耳元でささやいた。

「君が是非にと望むなら叶えてもいい」

「け、結構です！　遠慮します！」

「そう心配しなくとも、君は布団を被ると十数えるうちに眠ってしまうのだろう？」

「えっ？」

にわかに賑やかになったふたりのやり取りを、いつの間にか近くの楓の木に留まったフロッケがじぃっと見下ろしていた。

生垣の薔薇が日ごとに赤い蕾を増やすように、フリッツと月乃の間で積み重ねられてゆく学園での日常。ふたりの距離は穏やかに、だが急速に近付きつつあった。

——開花は、もう間もなく。

◇　◇　◇

「明後日《あさって》から三日ほど、こちらを留守にします」

十月の中旬、学舎二階の学園長室にて。

南向きの窓から落ちる光線を集めてきらきらと輝くのは、フリッツ・イェーガーの白金の髪だった。

部屋に現れるなり彼が持ち出した休暇願いに、学園長はしばしカイゼル髭を弄ぶ手を止めて——驚きにぶちんと一本引っこ抜く。

「な……っ、許可できかねます！」

「加納中将から呼び出しを受けているのですが、応じるなと？」

「！」

加納という人物の名前がフリッツの口から出た途端、再び学園長の動きが止まった。

「そ、そうですか。それなら致し方ないですなあ。この学園の——あ、いや。謡川くんのこと、よ〜くお伝えください。頼みましたぞ」

頑《かたく》なな態度を一変させると、金の指輪が塡《は》まった手を擦り合わせてニッと脂ぎった笑顔を見せる。フリッツはそれを涼やかな灰色の瞳で見下ろした。

「と、ところで、貴方が不在の間、例の吸血人についてはどう対処すればいいのですか」

「特に何も。犯人の正体はおおよそ見当がついています」

「なんですと⁉ ならばすぐにでも引っ捕まえて化けの皮を——」

つっかかりかけた学園長は突然、シーッと鋭く息を吐く音に咎《とが》められた。

ぎょっとして見上げると、人差し指を口の前に添えたフリッツがまるで子供に言い聞かせるかのように静かな笑みを浮かべている。その有無を言わせぬ謎の迫力と妖艶さに、学園長はごくりと喉を鳴らした。

「私の仕事は中世の魔女狩りとは違う。確たる証拠もなく吊るし上げるわけにはいかないのです。相手が人に紛れて生きる者ならなおのこと、慎重にならざるを得ない」

「そ、そんな悠長なことを言っとる場合ですか！　これまでの被害者は五人中四人が男性……つ、つまり私も狙われる可能性が……！」

「向こうにも選ぶ権利がありますので」

つまり、杞憂《きゆう》であると。

薔薇学園の敷地内で帝大生が襲われてから一月弱。その後怪異は目立った動きを見せず、学園は表向き平和を保っていた。

「いや、しかし……」

「動機はやや不明確だが、いずれにしても件の怪異は正体が露見することを恐れている。これまで通り、犯行は必要最小限に留まるでしょう」

「ですが九月には立て続けに二件も事件が起こっているんですよ！」

「ああ。あれは牽制《けんせい》ですよ、私に対する。相手はどうやら縄張り意識が強い」

「ですが……！」とさらに言いかけた学園長の肩に、フリッツがぽんと手を置いた。そして少しだけかがんで顔を近付ける。

「不安であれば、私が不在の三日間は生徒に外出許可をなさらないように。それから外部から人を招く際は、必ず教員の付き添いを。一応、学園一帯では怪異が力を発揮しづらいような仕掛けは施してあります」

諭すみたいに、そっと耳元で。やたらに近い美形の微笑みの圧力に、五十路《いそじ》の男はまるで乙女のように顔を赤らめ固まってしまった。

「ところで」

しばらくぼーっとしていた学園長は、その一声でハッと意識を引き戻した。フリッツは既に離れており、室内の調度品のひとつをしげしげと眺めている。

「これは良い壺《つぼ》ですね。鮮やかな赤色が美しい」

紫檀の花台に飾られていたのは、蔦様の耳が付いた細身の花入れだった。青みがかった白磁に、辰砂《あか》で唐草と龍の絵付けがされている。

「おお、おお、おわかりになりますか！　これはかの窯の紅釉《こうゆう》磁器でして、非常に価値が高いものです」

得意げな学園長の口から出たのは、かつて皇帝への献上品を納めていたことで知られる窯元だった。

フリッツは「ほう」と興味ありげに壺に顔を近付けて、「東洋では龍《ドラゴン》は縁起物ですからね」と顎に手をやり頷いた。それから室内をぐるりと見渡して、今度は窓の横に掛けられた掛け軸を指し示す。

「そちらの鳳凰《フェニックス》の画《え》も、格調高くて部屋の調度品とよく合っている」

「この画の価値をおわかりになるとはお目が高い！」

「こう見えて様々な国を渡り歩いていますから、自然と目が養われるのですよ。──あいにく水墨画は不勉強なのですが、少々ご講説いただいても？」

いかにも芸術に造詣が深そうなフリッツに教えを請われて気を良くしたのだろう。

学園長はカイゼル髭を撫でつけると、ペラペラと饒舌に語り始めた。

「これはさる有名な水墨画家の梅鳥図です。おっしゃる通りこの鳥は鳳凰《ほうおう》で、めでたさはもちろんですが、そもそもこの画家が鳥を描くことはとても珍しいのですよ！　中でも特にこの画は――」

どれほどこの水墨画が貴重で価値が高いか。学園長の自慢話にフリッツは時折相づちを打って、始終和やかな笑顔でそれを聞いていた。

「それはそれは。たしかに翼の躍動感と静かに散る梅の対比は見事ですね。なるほど――これはずいぶんと高価そうだ」


同日の午後。

学園の講堂から、典雅な風琴《オルガン》の調べが秋の風に乗って広がった。

十一月の天長節に、鹿茗館で開かれる大夜会。昨今の女子の踊り手不足をまかなうため、この学園からも女学生を派遣することが決まっている。国と学園の威信をかけた行事まで一月を切り、学園はにわかに活気付いていた。

ちょうど学園の代名詞である生垣の薔薇も見頃を迎え、赤い蕾が競うように花開き始めている。

学園の定めで、舞踏会に参加するにはいくつかの条件がある。

満十六歳以上かつ、成績に「不可」の科目がない者。

本日も条件に合致した生徒が講堂に集められ、舞踏の合同授業が行われていた。その中のひとり、礼法の教師から淑女の心構えを聞かされている月乃は、集団の後方でため息をついた。

周囲には亜矢を始め同級生の半数以上と、上級生の千代の姿もある。この場にいるのは全員先の条件を満たした者だ。だが学園長が定めたこの条件は、ひとつ重要な前提を見落としている。

——それは、ドレスを自前で用意できること。

どれだけウィンナ・ワルツを完璧に踊りこなしたとしても、舞踏会当日に身に着けるドレスがなければ参加しようがない。招待客の中には頑なに和装を貫く婦人も在るそうだが、それでは西欧の紳士を相手取る踊り手として期待されている仕事はこなせない。

そして当然ながら、月乃はドレスを持っていなかった。昨年の天長節も、学園の条件は満たしていたものの当日の舞踏会には参加はできなかった。もちろん、今年も同様である。

（ああ、早く終わらないかしら……）

体を動かすこと自体は嫌いではないが、さすがに参加できない舞踏会のために訓練を受けるのは憂鬱だった。それでも理由なく授業を休んだりしないのは、ひとえにミスターKの厚意に恥じない自分でいたいからだ。

一方の亜矢は今年が初参加の予定なので、非常に浮き足立っている。既に美しい若草色のバッスルドレスを用立てたとかで、先ほどから他の生徒とドレス談義に花を咲かせている。

授業のたびに毎回ドレスに着替えるのは手間がかかるので、生徒たちの服装はいつもの御納戸袴に襷掛《たすきが》けをしただけ。しかし足元は皆、踵《かかと》の高い洋靴を履いている。月乃ひとりだけが、いつも通り足袋と草履だった。

ようやく礼法の教師の講話が終わって、次に年配の舞踏講師――過去に洋行したこともあるという稀《まれ》な婦人である――が話し始める。生徒たちは皆やれやれといった様子で聞いていたが、講師の最後の一言で顔つきが変わった。

「――というわけで、今年の練習はミスター・イェーガーにご協力いただきます」

（え⁉）

他の生徒と同様に、月乃も思わず顔を上げる。舞踏講師の紹介を受けて風琴《オルガン》の裏手から姿を現したのは、麗しき英語講師のフリッツ・イェーガーであった。周囲の女生徒から悲鳴が上がる。

「ごきげんよう、お嬢さん方。お手柔らかに」

講師の横に並んだフリッツがいつも通りよそ行きの笑顔で微笑むと、またキャーと黄色い歓声が起こった。

「では早速、本場の紳士に一曲披露していただきましょう。ミスター・イェーガーのお相手は私──と言いたいところですが。そうねえ……」

講師がぐるりと見回せば、女生徒たちは皆期待の眼差しを返す。

「──蓮舎《はすや》千代さん」

フリッツの相手に指名されたのは千代だった。

子爵家の娘で昨年の舞踏会でも西欧紳士からの誘いがひっきりなしだったという千代。これには誰からも文句の出ようがない。

千代は小さく「はい」と答え、かつんと洋靴の踵を鳴らして前へ出る。講師が手を叩いて合図すると、伴奏者が風琴《オルガン》を奏で始めた。

フリッツが千代の前に進み出て、片手を胸に当て頭を下げた。千代はそれに応えて、御納戸袴を摘《つま》んで膝を折る。差し出された手を取り、互いの肩と腰に腕が回される。

風琴《オルガン》の三拍子に合わせて、ふたりは優雅に踊り始めた。

　くるりくるりと講堂の床に円を描けば、御納戸袴の裾が揺れる。千代が優秀なのはもちろんだが、フリッツの先導《リード》も上手いのだろう。どちらもまったく足元は見ておらず、背筋はピンと伸びたまま。それでもふたりの身体の拳一個分の隙間は決して離れも近付きもせず、とても即興で踊っているとは思えない。

　どこからともなく羨望のため息が漏れた。

（すごいわ。千代ちゃんも、フリッツさんも……）

　ふたりは余裕があるのか、何か小声で話している。フリッツが千代の頭上からささやきかけて、千代が驚いたように顔を上げる。さらにフリッツの口が何か言葉を形作れば、千代は上品に微笑みを返した。

　その様はまるで、睦言《むつごと》を交わし合う恋人同士。見守る月乃の胸はぎゅっと締め付けられた。

　やがて短い円舞曲《ワルツ》が終わり、ふたりの動きがぴたりと止まる。互いに離れて始めと同じように礼を取れば、一斉に拍手が上がる。月乃もただただ親友の美しさと努力の成果を讃《たた》えたくて、精いっぱい手を叩いた。

「では、次は皆さんで揃って今と同じ曲を」

講師の号令であらかじめ決められた位置に散らばる。当然男役はフリッツひとりしかいないので、他は女生徒同士で組むことになる。最悪なことに、月乃の相手は亜矢だった。

まずは足取りの確認のため、向かい合って両手を繋いだ。傍《はた》から見ればわらべ唄でも始めそうな恰好だ。そのまま習った順のステップで動こうとするが、慣れない洋靴も相まって亜矢は相当苦戦している。

幸い覚えだけはいい月乃は、淡々と習った通りの動きを繰り返した。亜矢は下を見て必死に足を動かしているものの、ついていけずに苛立っている。

横移動、回転、後歩、四半回転。延々と繰り返して、間もなく一曲が終わる。終わったら男役と女役を入れ替えて――。

「ああん、もう！」

亜矢は最後、腹立ち紛れに思いっきり月乃の足を踏みつけた。足の甲に衝撃が走り、月乃は痛みでその場に崩れ落ちる。

「っっ！」

「あらぁ、ごめんなさいお義姉様。ちょっと足がふらついて――」

「ぁ、ぐ……っ」

「な、何よ。そんなに痛がらなくてもいいでしょう？」

あまりの痛みに、しゃがんだまま言葉が出てこなかった。考え足らずの亜矢はわかっていなかったのだ。洋靴の木製の踵で草履の足を踏み抜いたら、相手がどうなるかなんて。

ちょうど曲が終わり、風琴《オルガン》の演奏が止まった。互いに手を繋いでいた生徒たちがバラバラと離れる中、ひとり床にうずくまっている月乃に注目が集まる。

「ちょっと、早く立ってよ！　そうやって先生方の気を引くつもり!?」

焦った亜矢が二の腕を摑んで無理矢理引っ張りあげようとするが、立ち上がりかけた月乃はまた痛みに顔を歪《ゆが》めてへたり込む。そうこうしているうちに気が付いた教員たちが集まってきた。

「まあ大変！　どなたか小使《こづかい》部屋にお連れして。……一体どうしてこんなことに？」

「わ、私のせいじゃありません！　この人が愚図だから！　だいたい洋舞の練習に草履で来るのが間違ってるのよ！」

教師たちと亜矢が問答している間に、後から来たフリッツが躊躇なく月乃の腕を取った。そのまま膝の裏を掬い上げて横抱きにすると、立ち上がり際にちらりと亜矢を見やる。

「ミス謡川亜矢。真の淑女に必要なものは寛容と思慮深さだ。君にはそのどちらも不足している」

「…………」

紳士らしい落ち着いた抑揚。しかし紡がれた言葉は痛烈だった。

さすがの亜矢も黙り込んだが、フリッツはそれ以上目もくれなかった。月乃を抱いたまま「失礼」と目礼だけすると、あっという間に講堂を出て行ってしまう。キャーという女学生たちの悲鳴だけがその場に置き去りにされた。

月乃が口を挟む間もなく、ふたりはぐんぐんと講堂から離れていく。大股で学舎を目指すフリッツの歩みは風のように速く、首に腕を回してしがみついた月乃は恥じらいに身を固くした。

「申し訳ありません、ミスター・イェーガー……」

「少し黙っていろ」

すげなく返した声は、少し苛立っているようだった。

この学園には常駐の医師はおらず、わずかに医薬品が備えられているだけだ。ようやくたどり着いたのは、学舎一階隅にある小使の控え部屋だった。

フリッツは乱暴に引き戸を開けると畳敷きの部屋にずかずかと土足で上がり込む。

置かれていた籐の椅子に月乃を座らせると、そのまま片膝をついた。

「左足を見せろ」

「えっ、その……」

月乃が恥じらい戸惑っている間に、フリッツが彼女の足首を取り草履を脱がせる。

「足首はひねっていないな？　履き物を脱げ」

「うぅ、はい……」

月乃は言われるがまま、少しだけ御納戸袴の裾をまくり上げた。恐々《こわごわ》持ち上げられた合間から、白いふくらはぎが覗く。踵の金具に手を掛けて足袋をするりと引き抜けば、裸の足先が露わになった。

華奢なくるぶし、控えめに並んだ爪、すべてがフリッツの片手に収まるほどの大きさしかない。白磁の花器のような素足はしかし、亜矢に踏みつけられた小指の付け根の辺り、薄い甲の外側の部分が熱を持ち、紅《あか》く腫れ上がっていた。

「少し触れるぞ？　痛かったら言いなさい」

「あっ」

フリッツの冷たい手が小指に触れた。思わず彼の肩を掴んだ月乃は、驚きと痛みにびくんと身を震わせる。次に薬指を撫でるように触れられて、また身体が跳ねた。

「指の骨は問題なさそうだが……。甲にヒビが入った可能性はあるな」

結論としては冷やして、安静にするしかない。金だらいに張られた水に足を浸して、月乃はようやく人心地がついた。

「良家の娘を集めておいて、やらせることが西欧婦人の猿真似《さるまね》とはくだらない」

白いつま先に赤い斑《まだら》、水面に放たれた金魚のような月乃の足。小さなたらいに彼女が描く波紋を見下ろして、フリッツはつまらなそうにぼそりと零した。

獨国人の彼にしてみれば、この国の人々が必死に西欧諸国に倣おうとするのは滑稽に映るのかもしれない。

「でもやっぱり、西欧のドレスは素敵です。そう何度もある機会じゃないですから、皆楽しみにしているんです」

「君も？」

「あ、いえ私は……」

——参加しないので。

うつむいた月乃が言葉を濁すと、フリッツはイライラした様子で白金の髪を掻いた。ハァと大きな息を吐いて、ふたたび月乃の前に膝を折る。

「なぜ例の援助者に頼らない？　金がほしい、ドレスがほしいと素直に強請《ねだ》ればいいじゃないか」

「ミスターＫにこれ以上の援助をお願いするつもりはありません」

「そいつは君に何をしてくれた？　遠くから金だけ渡して、君を救った気になっている。君の心が周囲の悪意で踏み潰されても気付きもしない。とんでもない傲慢だと思わないか？」

「やめてください！」

月乃が珍しく声を荒らげたので、フリッツは押し黙る。ばつが悪そうに前髪を掻き上げ、指の間から盗み見れば、少女の細い肩は弱々しく震えていた。

「……そんなこと、おっしゃらないで。だって――」

――ミスターＫは、私の希望だから。

蚊が鳴くようなか細い声。けれど揺るぎない慕情がそこにはあった。

膝の上でぎゅっと揃えられた月乃の手。その上をフリッツの右手がためらいがちに彷徨《さまよ》って――やがてそっと、包むように握り込む。

「今なら君の声が聞こえる」

「え……？」

「君の望みを教えてくれ。叶えてみせよう。……どんなことでも」

そう言って、握った手を優しく持ち上げる。そして貴人に宣誓する騎士のように、白い指先に口付けを落とした。

皆があっと驚くような、豪華《ごうか》絢爛《けんらん》なドレスがほしい？

この理不尽な環境から今すぐ攫って連れ出してほしい？

それとも自分をつらい目に遭わせる義母や義妹に復讐《ふくしゅう》を——。

フリッツはじっと、月乃の口からもたらされるであろう望みに耳を傾けた。

「——薔薇を——」

訪れた静寂を割ったのは、意外な答えだった。月乃は持ち上げられた右手を彼の手ごと包んで元の膝の上に戻すと、はにかみがちに微笑む。

「それなら生垣の薔薇を一輪、手折ってきてくださいませんか？」

「薔薇？」

訝しむフリッツに、「はい」とひとつ頷く。

「ミスターKに差し上げる薔薇の絵を描きたいんです。でも、今日は裏庭には行かれそうにないので……部屋で描けたらいいなと」

まっすぐフリッツを見返す澄んだ瞳。その輝きが、今の言葉が強がりでも悲嘆でもなく、彼女の真実なのだと伝えている。

フリッツの端正な顔が一瞬、くしゃりと歪んだように見えた。

「……君のお人好しにはほとほと呆れる」

月乃の額を押さえつけて、前髪を乱す。そのまますぐに立ち上がって背を向けられたなら、もう月乃からはその表情は窺い知れない。

「わかった。君はしばらくここで休みなさい。小使には伝えておくから、部屋へ戻る時は彼女らの手を借りるように」

背中越しに告げ、フリッツは部屋を出て行った。月乃はあわてて追いかけようと腰を浮かせかけるも、足がついてこない。すぐにぴしゃりと引き戸が閉められた。

特に怒鳴られたわけでも、冷たくされたわけでもなかった。

額に乗せられた手はむしろ優しくて。けれど——。

（私、彼を傷付けてしまったかもしれない）

月乃はなんとはなしにそう思った。

しばらくどこにも行く気がしなくて、小使が戻ってくるまでの長い時間を、月乃はたらいの水をぱしゃぱしゃと揺らして過ごした。

夕方近くになってようやく、小使のひとりに支えられて寄宿舎へ戻る。すると。

部屋の窓辺に置かれていたのは、一輪の薔薇だった。

「あれは……」

目に入るなり、包帯が巻かれた足を引きずって近付いた。

桟の木枠に置かれていたのは、つい先ほどまで陽の下で咲いていたのだとわかるみずみずしい赤い薔薇だった。

《生垣の薔薇を一輪、手折ってきてくださいませんか？》

フリッツは月乃の望みを叶えてくれたのだ。運んで来たのはフロッケか。

手に取ってみると、固くしなやかな茎からはすべての棘が丁寧に抜かれていた。彼がわざわざ、取り除いてくれたのだろうか。

（――私のために？）

自惚《うぬぼ》れめいた思考が浮かんで、胸が何かに摑まれたように締め付けられた。

フリッツは棘で手を痛めなかっただろうか。美しい顔に似合わず男らしく筋張った彼の指を思い起こす。するとその手が慈しむように触れた月乃の左足が、また熱を持ってじくじくと痛み始めた気がした。

結局その夜は何もする気になれず、薔薇を眺めているだけで終わってしまった。

そして翌日、月乃は不自由な足で裏庭へ向かった。わざわざここへ足を運ばなくてもいいようにと薔薇を手折ってほしいと望んだのに、結局訪れるなんて本末転倒もいいところだ。

それでもやはり、フリッツにお礼を言いたかった。いつもの長椅子《ベンチ》から見える生垣の薔薇はどれも美しく咲いていて――けれど、彼は現れなかった。

（避けられているのかしら……）

同じ学園の敷地内にいるのは間違いないはずなのに、避けられているとなると途端に会えなくなってしまう。その上、午後の授業で「明日からみすた・いえーがーは休暇のため、その間の英語の授業はすべて自習とします」と担任から告げられて。

どうやらしばらく彼の顔を見ることは叶わないとわかって、月乃はがっくりと肩を落とした。

その日最後の授業は例の舞踏の練習だったが、この足では参加できない。

ひと足早く寄宿舎へ戻った月乃は、毎月恒例のミスターKへの手紙を書くことにした。十月の手紙は、薔薇の花が咲いたら書こうと決めていたのだ。

《拝啓　ミスターK

すッかり空は秋めいて、学園の森からは百舌鳥《もず》の声が聞かれます。ミスターKにお

かれましては》

そこで詰まってしまった。

(──だめだわ。上手く文章が出てこない)

いつもならあっという間に書き上げてしまう手紙。伝えたいことが山のようにあって、それが次から次へ自然と零れ落ちてくるはずなのに。

なぜか今日は、ちっとも言葉が浮かばない。

それでもなんとか時候の挨拶、舞踏の練習で失敗して少しだけ足を怪我したけれどおおむね元気に過ごしていること、生垣の薔薇のこと──無難にまとめあげた。

(後は薔薇の絵を添えて、花弁も何枚か同封しよう。生花は届けられないけれど、この芳しい香りが少しくらいは伝わるはずだから)

よし、と一息ついて抽斗からパステルの木箱を取り出した。蔦模様の描かれた蓋を開けると、鮮やかな二十四色が目に飛び込んでくる。

その瞬間、月乃の心はいつだってときめく。けれど今日はなぜか、胸はざわざわと波立って落ち着かない。

なんだか調子が悪いな、と気を取り直して気合を入れた。水差しに活《い》けた薔薇をじっと観察して、それから目を瞑《つぶ》って心の中で思い描く。

月乃の目に見える薔薇は、ただの赤一色ではない。まだ開き切っていない中心部は生命力を内包してぎゅっと濃い。可憐《かれん》に丸まった花弁の縁は、透き通った血潮の色。その姿が露《つゆ》に濡れたなら、きらりと七色に輝いて――。

赤紫で薔薇の輪郭を描く。朱色のパステルの先を削って水を含ませる。いくつかの色が紙の上で交われば、新しい色が生まれる。混色、にじみ、繊細な表現。

フリッツがくれた二十四色のパステルは、月乃の想像の世界に無限の広がりを与えてくれた。

《君の望みを教えてくれ。叶えてみせよう。……どんなことでも》

あの時、薔薇がほしいと言ったのは嘘ではない。だがフリッツはきっと、月乃がもっと貪欲になることを望んでいた。月乃の心からの欲求を知りたいと願っていた。

ドレスへの憧れはある。鹿茗館の美しい建物の中を見てみたいという気持ちもある。

（だけど私の真の望みは多分、違うところにある……。そんな気がするの）

いくら考えても答えは出ない。月乃は雑念を捨て、薔薇を描くことに集中しようとした。それでもあの時のフリッツの悲しそうな顔は、簡単には頭から離れそうもなかった。

月乃がようやく筆を置いたのは、すっかり窓の外が暗くなった頃だった。

「――できた」

うーん、と両腕を突き上げて伸びをする。完成した薔薇の絵を洋灯《ランプ》の明かりにかざして、これはなかなかいい出来だ、とにんまりした。表現に苦戦した薔薇の赤は、今にも香ってきそうなくらい活き活きして見えた。

「あら、見せてちょうだい」

「千代ちゃん？　いつの間に帰ってきていたの？」

「とっくの昔よ。付け加えるなら、もう夕食のために食堂に向かう時間よ」

気付けば向かいの机で千代が本を読んでいた。月乃が集中しすぎると周りが見えなくなるのはいつものことなので、千代は特に怒るでもない。立ち上がってこちらへ寄ってくると、完成したばかりの絵を横から覗き込んだ。

「ど、どうかしら」

千代はしばらく無言だった。置き洋灯《ランプ》に照らされた月乃の手元をじっと見ている。

「月乃ちゃん。貴女……恋をしているの？」

「えっ？」

予想だにしない一言に、月乃は固まった。

「だってこの薔薇の赤――。今にも燃えそうなくらい熱いもの」

朝露を浴びて一心に太陽を見上げる薔薇の絵を、千代が指差す。心臓が、ギクッと音を立てた気がした。

「恋……？　私が、恋？」

まさかそんなという困惑と、ずばり当てられたという驚嘆。

急に喉が渇いた気がして、ごくりと唾を呑み込んだ。なんと返そうかしどろもどろになって、ようやく出てきた言葉は。

「千代ちゃんは、恋を知っているの？」

あまりに幼い問いだった。千代はただ穏やかに微笑むばかりで、何も返しはしない。

ああでも、彼女は知っているのだ。隣に立つ千代を見つめて、月乃はそう確信する。

だってそうでなければ、こんなに美しい笑みを浮かべられるはずがない。

「月乃ちゃんの恋は、きっと希望に満ちているのね。……この薔薇みたいに」

「誰を想って描いたの？」そう問われて、月乃は答えられなかった。

思い描いたのはミスターK。この絵の贈り相手。それは半分本当で、半分嘘だ。

二十四色のパステル。口付けられた右手に残る熱。水差しで咲く棘のない薔薇が。

――すべてが彼を指し示す。すべてが彼に繋がっている。

その名はすなわち、ミスター・フリッツ・イェーガー。

◇◇◇

一夜明け、本日からミスター・イェーガーは不在だ。それにより二時間目の英語は自習だった。

昨夜物思いで眠れぬ夜を過ごした月乃は、教室の机に筆記帳《ノートブック》を広げてため息をついていた。

昨日の日中、担任から彼がしばらく不在だと聞かされた時はわかりやすく落胆してしまったけれど、今となっては助かった、とさえ思う。

(だって……どんな顔をして会えばいいのかわからないわ)

その名を小さく口にすれば、胸は甘く締め付けられる。

これまでと同じようには彼の顔を見られない。そんな気がしていた。

零れ落ちそうな熱に蓋をして、もう一度息を吐く。予習のために昨日まで帳面に綴《つづ》った項目を確認したところで、亜矢が取り巻きたちと共に近付いてきた。

「お義姉様、足のお怪我の具合はどう？」

眉根を下げて、しゅんとした様子で。さすがの亜矢も気にしていたのだろうか。この子にも人の心があったんだわ、と少しうれしくなって、月乃は気丈に頷いてみせる。

「……亜矢……。ええ、少しはいいわ」

「そう！　よかった。ならお任せしてもいいわよね！」

亜矢は見下すように笑うと、ドサッと机の上に分厚い紙の束を置く。

「学園長室への届け物ですって！　よろしくね、お義姉様！」

押し問答もむなしく、亜矢が他の教師から頼まれたはずのその仕事を押し付けられてしまった。怪我した左足を引きずって重い紙束を運ぶのは気が進まなかったが、いずれにしても今日、月乃は学園長室に用事がある。昨日したためたミスターKへの手紙を学園長へ預けるためだ。

白い封筒を懐に忍ばせた月乃は、仕方なしに両手に紙束を抱えて教室を出た。

「ふん、いい気味！　最近妙に身なりが小綺麗になって……ちょっと英語ができるからって皆に頼られて、調子に乗ってるのよ」

子供じみた亜矢の悪態は、聞こえないふりをした。

左足は相変わらず痛むものの、体重を掛けなければ歩けないこともない。芋虫よりはましかというくらいの遅々とした速度で廊下を進んでいたその時、不意に誰かが奥の階段を音を立てて駆け下りてきた。

ドスドスと大股で廊下を走るのは学園長だった。今まさに訪ねようとしていた人物がすごい勢いでこちらへ向かってくるのであっけに取られていると、彼は月乃の姿を認めるなり怒号を飛ばした。

「謡川月乃くん！　君は一体何をしてくれたんだ！」

学園長は憤怒《ふんぬ》の形相で迫ってきたかと思うや、驚きに固まる月乃の肩を掴んでガクガクと揺さぶった。抱えていた紙束が数枚、散らばって辺りを舞う。

「君の支援者が！　今後一切の援助を打ち切ると通告してきた！」

「え……？」

それはまさに青天《せいてん》の霹靂《へきれき》だった。

ようやくたどり着いた学園長室で、月乃はワァワァととり乱す学園長を必死になだめていた。

「まずは落ち着いて、経緯をお話しいただけませんか？」

できるだけ穏やかに事の次第を聞き出そうとしたが、何を言っても興奮させてしまうようだ。大の大人があまりにわかりやすく狼狽《ろうばい》しているので、こちらはもはや冷静にならざるを得ない。月乃だって何が起こっているのか皆目見当もつかないのに。

「経緯も何もあるかね！　今朝突然電報が入ったのだよ。『学園を通じたすべての支援は停止す』と！」

《ガクエンヲツウジタスベテノシエンハテイシス》

握り潰されてくしゃくしゃになった電報の送達紙が執務机の上に転がっていた。恐る恐る手に取り開いてみると、たしかにそう書かれている。

「ああ、どうすればいい！　陸軍部にも連絡を取ったが知らぬ存ぜぬの一点張り！しかも中将は長期休暇で不在ときた！」

頭を抱えてうろうろと室内を歩き回る学園長の言葉の意味が、月乃は半分も理解できない。学園長は急に立ち止まったかと思うと「あー！」と整髪料《コスメチック》で固められた髪を乱した。

「あの、軍部……？　中将というのは一体……？」

「君には明かすなという条件だったがこの際関係あるまい。君の支援者は帝国陸軍の加納中将！　あの加納宣彦《のぶひこ》中将だよ！」

突然、なんの前触れなく明かされた支援者の素性。

その名は「カノウ」——イニシアルはK。

「加納……中将……」

月乃は静かに目を瞑った。二年間憧れ続け、焦がれていたはずのその名を、口の中で繰り返してみる。

加納宣彦。初めて聞く名前だが、陸軍の中将といえば士官学校出の精鋭の中でも頂点に近い立場だ。間違いなく傑物中の傑物である。

実感は湧かなかった。けれどミスターKにもきちんと名前があって、立場があった。そんな当たり前のことを今さら知って、不思議な気持ちがする。

「どうしてかしら。私、ミスターKはとてもとても遠いところにいらっしゃる方なんだと思い込んでいました……。でもこうやってお名前を聞くと、なんだか身近に感じます」

「悠長なことを言っとる場合か！　君への支援が止まるんだぞ⁉　君はこの学園にはいられなくなる！」

一見暢気《のんき》な月乃の台詞に、学園長は髭を逆立てん勢いで叫んだ。

そう、ミスターKの支援が打ち切られれば、月乃はもうこの私学校にはいられない。

義母は決して月乃のために学費を用立てたりはしないだろう。

だが学園長はわかっていない。月乃の落ち着き払った様子は、虚勢でも楽観でもない。

「……初めから覚悟はしていました」

月乃は最初から、すべてを受け入れていたのだ。

「今の私の生活は、すべてミスターKのご厚意の下に成り立っています。だからもしも彼がなんらかの理由で援助を途中で止めたとしても、私はこれまでの支援に感謝こそすれ、それを恨むようなことは決していたしません」

「それでは困るのだよ！」

まっすぐ学園長を見て、凛と答える。しかし学園長は口角から泡を飛ばし、バンバンと執務机を叩いた。

「君は事の重大さがまったくわかっていない！　いいかね？　加納中将が君に支援していた金は年間千圓を超える。さらに君のご実家にも、条件付きで援助をしていた！その支援ももうやめると！」

「えっ？」

――この男は今なんと言った？

千圓《せんえん》と言えばかなりの大金だ。先日吟座の洋風食堂《パーラー》で飲んだ珈琲《コーヒー》は一杯二銭。最近目にした新聞記事では、学校教員の平均月収は約二十圓と記載されていた。千圓あれば帝都に土地を持ち、家まで建てられるだろう。

つまり、一般的な家庭の年収を遥かに超える額である。

「えっと、でも、ミスターKが支援してくださっていたのは私の学費だけで……」

「どうしてくれる、このままでは私は破産だ！　彼からの支援を当て込んで新しい事業に投資していたのに！」

とんでもない暴露に身が凍った。この男は、本来月乃のために使われるべき金を横領していたと告白したのだ。

わからない。信じられない。学園長の言っていることが理解できない。知りたくなかった事実と、残酷な現実が頭の中でせめぎ合う。

ぐるぐると無限問答を繰り返してその果てに、混乱した月乃の脳は「ああそうだ、私はミスターKに手紙を差し上げようと思ってこの部屋へやってきたのだ」とあべこべな方向へ舵《かじ》を切ってしまう。

胸元にしまい込んでいた白い封筒を取り出して、引きつった笑顔で差し出した。どうしてだか、上手く笑うことができない。封筒を握る両手は、ぷるぷると小刻みに震えている。

「あ、あの。私、ミスターKに手紙を書いたんです。いつもの手紙を。せめて最後にこの一通……これだけでも、届けていただけませんか？」

「まだそんなことを言っているのか！　そんな手紙、届けられるわけなかろう！　君から直接中将に窮状を訴えられでもしたら、私の行いが露見するではないか！」

「え……？　じゃあ、わたしの、てがみは」

「っく、こんなもの！」

学園長は書棚の上に載っていた竹製の行李を引き下ろしたかと思うと、ドン！　と執務机の上に叩きつけた。

蓋もない行李に蓄えられた埃《ほこり》が空中に舞って、その中に無造作に放り込まれていた大量の白い封筒たちがばらばらと音を立てて床に零れ落ちる。

「あ……そん、な……」

それはこの二年、月乃がミスターKへ送り続けていたはずの手紙のすべてだった。


一方、遡ること数時間前。

帝大近くの下宿屋に寝起きしている真上暁臣は最悪の朝を迎えていた。

いつも通り朝食を終え、さあ本日は休講だ、何をして過ごそうかという時刻に、いきなり謡川夫人――月乃の義母だ――が下宿先に乗り込んできたのだ。

突然連絡もなくやってきた上に朝からギャアギャアと金切り声で喚《わめ》かれて、対応した大家も苦笑いだ。既に退院し快復したはずの同宿の俊雄など、「傷に響いてまた倒れそうだ」と皮肉を言っていた。

蹴り飛ばして追い出したかったのは山々だが人目もある。なんとかなだめすかして話を聞くと、まったく筋はぐちゃぐちゃながら要約できた内容はこうだ。

今朝、謡川家に一本の電報が入った。

《キンセンケイヤクハコレヲソクジカイジョス》

ミスターKより今後謡川家への一切の支援を停止、金銭に関する契約を解除するという通達だった。

「つまり、謡川家は月乃お嬢様個人への援助とは別にミスターK――すなわち加納宣彦中将から、年間数百圓もの支援を受けていたと？」

ミスターKの正体、謡川家との金銭支援契約――。

にわかにもたらされる衝撃の情報の数々に、暁臣は目眩《めまい》がした。目頭を揉《も》んで海より深いため息をつくと、向かいに座る謡川夫人はふんぞり返ってそっぽを向く。

「契約の際に代理人から、これは謡川家の屋敷の管理料と思ってくれればいいと言われたわ！　だからこれは支援なんかじゃなく、正当な報酬よ！」

そもそもなんのために屋敷を管理するのか、なぜ加納中将が謡川家、ひいては月乃のためにそこまでするのか。

疑問は尽きないが、今ここで夫人を問い詰めても真相は得られそうになかった。

「それで、その件が俺にどういう関係があるんですか？」

「あなたのお兄さんは士官学校を優秀な成績で卒業して将来を嘱望されているのでしょう!?　加納中将に口利きしてほしいのよ！　お金を止めないでほしいって！」

「は？」

たしかに暁臣の兄は陸軍中尉で、加納中将は彼の上官に当たる。

ただし中将は一個師団、一万の兵を束ねる立場である。個人的な――しかも軍務外の用件をいちいち取りつぐはずがない。無茶を通り越して無謀、あまりに浅はかな考えと言うほかなかった。

「俺や兄にそんな伝手《つて》も縁故《コネ》もありません」

「でもこのままではお金が！　お金が入らなくなってしまうのよ！」

この期に及んであくまで金の心配をする謡川夫人を、暁臣は心底軽蔑した。

この女はミスターKの正体を知りながら月乃に黙っていた。金を受け取っていることすらも。その使《つか》い途《みち》なぞ、彼女の金襴《きんらん》の帯や黒瑪瑙《くろめのう》の指輪を見れば一目瞭然である。これまで漫然と金を受け取っておいて、そのくせ電報一本で途切れるような浅い縁しか繋いでこなかったというのか。呆れた、以外の感想が出てこない。

謡川夫人はかなり粘ったが、暁臣は最後まで知らぬ存ぜぬを貫いた。そして夫人が帰った後はすぐさま兄に連絡を取った。あの調子で、真上家の名前を出して軍部に乗り込まれでもしたらたまったものではない。

ようやく兄と情報の共有を終えて一息ついたところで、次に気に掛かるのは月乃のことだった。

謡川夫人の話によれば、学園にも同様に支援の打ち切りが告げられたらしい。もう月乃の耳にも入っただろうか。

彼女はミスターKを心の拠《よ》りどころにしていたのだ。きっと深く傷付くに違いない。

そしてもし、彼女が学園を去ることになるならば。その時は――。

結局居ても立ってもいられず、暁臣は月乃を訪ねるため学園へ向かうことにした。

正門前の道を薔薇の生垣沿いに歩いてきたところで、視線の先にひとりの女の姿を捉えた。

「お嬢様？」

　正門を通り過ぎた先、道の遥か前方をふらふらとおぼつかない足取りで川の方へ歩いてゆく御納戸小町がいる。常人より優れた暁臣の鼻は、それが月乃であることを瞬時に嗅ぎ分けた。

「お嬢様……？　お嬢様！」

　追いかけて呼びかけるが振り返る様子がない。よく見れば両手に箱のようなものを抱え、左足を引きずっている。普段と違う。様子がおかしい。ただならぬ気配を感じ取った暁臣はそのまま走り寄って、後ろから彼女の腕を摑んだ。

「お嬢様！　何をなさってるんです？」

「……暁臣さん……？」

　石橋の少し手前で、ようやく立ち止まり振り返った月乃。

　その顔を見て、暁臣は言葉を失った。

　彼を魅了してやまない愛らしい瞳は輝きをなくし、薔薇色の頬からは色が抜け落ちている。表情は虚《うつ》ろで、まるで死人のようだった。

「手紙を、捨てに来たの」

　独り言のようにつぶやいて、月乃は両手で抱えた竹製の行李に視線を落とした。暁臣が覗き見ると、中には大量の白封筒が無造作に詰め込まれていた。

「私の手紙……一通も届いてなかった……。ミスターKに宛てた手紙が、ずっと学園長の部屋で埃を被っていて……」

「……!?」

力ない言葉、生気のない表情。しかし行李を持つ手はカタカタと震えている。

月乃の断片的な言葉から暁臣はようやく状況を察した。同時に、腸《はらわた》が煮えくり返るような怒りが湧いてくる。

「それで川へ捨てに来たの……読まれない手紙なんて、あっても意味がないもの……」

「お嬢様、お気をたしかに！」

身体から離れかけた魂《こころ》を引き戻そうと、両肩を摑んで強く揺すった。すると彼女の手から滑り抜けた行李がごとりと地面に落ちて、やがて月乃自身もその場にくずおれる。暁臣はあわてて膝を折って、細い身体を抱き留めた。

「意味がなかった……！　全部、全部無意味だった！」

暁臣の腕の中で、月乃の想いは決壊した。わああと幼子のような声を上げたかと思うと、その目から次々と大粒の涙があふれ出す。

「わたし、私、真心は通じていると思ってた！　直接お目にかかることはなくても、手紙を通じて感謝の気持ちは届いているはずだって。たとえ返事がなくっても、きっと伝わっているはずだって！」

暁臣の着物の襟を握りしめ、すがるように額を押し付ける。

これほどの彼女の激情を、暁臣は知らなかった。これまでの長い付き合いで、月乃が涙を流したのを暁臣は後にも先にも一度しか見たことがない。その一度とは、彼女が父親の訃報を受けた時である。

「でもそんなの、ただの言い訳よ。私はミスターKにお会いするのが怖かった。私の心に存在する、理想のミスターKを壊したくなかった！　ちゃんと調べれば、彼の正体をもっと早く知ることだってできたかもしれないのに。私は、私は、それを怠ったのよ！」

あふれたのは後悔と、己への怒り。

穏やかで控えめな彼女の感情の発露、黒曜石の瞳から結晶して零れる涙を、暁臣は不覚にも美しいと思ってしまった。ずっと見ていたい、このままどこにも遣《や》りたくない、昏い想いが湧き出すのを押し隠して、震える月乃の肩を抱く。

「ミスターKは失望なさったんだわ。謡川の娘は大金を受け取っておきながら礼のひとつも寄越さない、とんでもない不義理者だと！　私……取り返しのつかないことを……！」

そこで言葉は途切れて、月乃はしばらくしゃくり上げた。彼女の涙、彼女の吐息、吐き出された想いまでも、暁臣はただすべてを自分のものにしたくて、その嗚咽《おえつ》を胸の中に閉じ込めた。

さんざん泣いて、泣き疲れた月乃がようやく落ち着き始めた頃。暁臣は袖口から取り出した真っ白な手巾《ハンカチ》を月乃へ差し出す。

「お嬢様。この世に取り返しのつかないことなんてそうそうありませんよ」

「でも……」

受け取った白布を握りしめつつ、濡れたまつげを伏せる月乃。暁臣はその手ごと包み持つと、手巾《ハンカチ》の角を彼女の頬に残る涙の跡に押し当てた。

「お嬢様が嘆いているのは、ミスターKから寄付をいただけなくなったからではありませんね？」

優しく問いかけると、月乃はコクリとひとつ頷く。

「お金なんてなくてもいいわ。ミスターKが励ましてくださったから、『ファン』だって言ってくださったから私、がんばってこられたの」

でしたら、と手巾《ハンカチ》を持つ彼女の手を暁臣は強く握った。

「感謝の気持ちなら、今からでも伝えられる。謝罪なら、今からだって間に合う。互いが生きてさえいれば。――そうでしょう？」

「暁臣さん……」

父親が亡くなった時、もう二度と感謝や愛情を伝えることができないのだと、月乃はそれが悲しかった。

けれどミスターKは違う。彼は間違いなく、今この国、この地で生きているのだ。

暁臣を見上げたふたつの瞳が、希望の光を宿してきらりと輝いた。

「ええ、そうね。あなたの言う通りだわ、暁臣さん。……でも……」

「――匣根《はこね》です」

「えっ？」

「加納中将は月初から、長期休暇で匣根に逗留《とうりゅう》していると兄から聞きました」

それは月乃の義母には決して明かさなかった、ひとつの情報の開示。

「――行きますか？　匣根に」

暁臣の問いに、月乃はしばらく考え、それから首を縦に振った。

それが無茶で突飛な選択だとわかってはいたけれど、今動かなければ一生後悔するような気がしたから。

顔を強張らせたまま頷く月乃に、暁臣は「俺がついて行きますから大丈夫ですよ」と笑いかける。個人的な事情に彼を巻き込むのは気が引けたが、月乃ひとりでは匣根までたどり着けそうもないのも事実で。

その日は一旦別れて、明日朝一番に出かける約束をした。暁臣は兄から加納中将の詳しい滞在先を聞き出すと言ってくれた。

学園に戻った月乃は外出許可を取り、小さな鞄に申し訳程度の旅支度をした。

そして、翌朝。

出発の準備を終えた月乃に羽織を着せかけながら、千代はハァ、とため息をついた。

「ああ、本当に大丈夫かしら。匣根は山だから、きっと冷えるわ。温かくしないと」

ぶつくさと言いながら、袖を通した月乃の肩の辺りを整える。その美しい萌黄《もえぎ》の絵羽織は、寒さを心配した千代が貸してくれたものだった。

月乃は借り物の羽織の下にフリッツから贈られた朱赤の着物と金絲の入った帯を締め、髪はいつもの結流しではなく上げ巻である。陸軍の要人である加納中将に面会するためには、相応の身なりが必要だと思ったからだ。

実は、少しだけ考えた。つい先日まで着ていたボロボロの着物を纏って、義母や学園長のこれまでの行いや窮状を切々と訴えたなら、加納中将も援助の取りやめを考え直してくれるかもしれないと。けれどすぐに思い直した。

（今回の訪問の目的は、ミスターKにこれまでの感謝とお詫《わ》びの気持ちを伝えることよ。お金は目的じゃない。真正面からでなければ、真心は届かないわ）

この先、自分がどうなるかはまだわからない。いずれ学費が滞り学園を去ることになるなら、この旅は自分にとって自由に出かける最後の機会になるかもしれない。

不安が押し寄せかけたところで、不器用な千代が羽織の紐《ひも》をもろ縄に結ぼうと苦戦しているのを見て思わず噴き出してしまう。

「ふふふ、千代ちゃんたら。そんなに心配して、お母さんみたい」

「そりゃあもう、心配に決まっているじゃない。しかもあの暁臣って男《ひと》と一緒だなんて……間違いが起こったらと思うと」

「間違いって？」

あんまり無邪気に月乃が小首を傾げたので、「なんでもないわ……」と千代は言葉を濁した。

「ところで月乃ちゃん。貴女、本当にお母様の形見のかんざしを質に入れてしまったの？」

「そうしないと、旅費が出せないから……。仕方ないわ」

「暁臣さんて、結構な資産家のご子息なのでしょう？　足代くらい出していただくわけにはいかないの？」

「これは私の問題だもの。私自身がなんとかしなきゃいけないことなのよ」

千代の勧めに、きっぱりと首を左右に振った。

昨日質屋に持ち込んだべっ甲に赤珊瑚のかんざしは、月乃の手元に残る数少ない母の遺品のひとつだった。正直それほどの値はつかなかったが、背に腹は代えられない。わずかな路銀に替えてしまった母の形見。帯の内にしまった小さながま口財布の重みをずしりと感じて、月乃はわずかに痛んだ胸を押さえた。

「でもね千代ちゃん。私……本当は少し怖いわ。ミスターKに会うのが怖い。そもそも、会ってもらえるかしら」

門前払いされてしまうかもしれない。あるいは口汚く罵られるかも。

考え出すと、とっくに決意を固めたはずなのに足が竦んでしまう。

月乃の瞳が不安に揺れる。すると帯の上で握り込まれた彼女の手に、そっと千代が触れた。

「月乃ちゃん、手を出して」

言われるまま両手を前に突き出すと、千代は机の抽斗から硝子の小瓶を取り出した。それは彼女が愛用している舶来の香水《コロン》。黄みがかった液体をシュッと手首に一吹きすると、爽やかな白薔薇《ホワイトローズ》の香りが広がる。

「あたしは一緒に行かれないから、お守り代わりよ。──大丈夫。月乃ちゃんの気持ちは、きっと伝わるわ」

両手を口元に持ってきて花の香りを吸い込むと、たしかに千代がすぐ側にいてくれるような気がする。

「うん。ありがとう千代ちゃん。……もしも私がこの学校を辞めることになっても、ずっとお友達でいてくれる？」

「そんなの……当たり前じゃない」

もう一度深呼吸してにっこりと笑うと、千代も優しく微笑み返した。

そうして月乃は、千代に見送られて左足をひょこひょこと引きずりながら学園を出た。

暁臣は学園まで迎えに来ると申し出てくれたけれど、さすがに何から何まで世話になるのは申し訳ないので遠慮した。代わりに汽車の発着駅である心橋ステーションで待ち合わせている。できれば上手く乗合馬車などを利用して旅費を節約したいところだったが、この足ではやむを得ず、月乃は駅までの道のりを人力車に頼った。

先日フリッツの隣に座って往来した街道を、今日はひとりで俥に乗る。そう思うと急に心細さが込み上げてきたが、月乃はこれから訪れる匣根の景色を想像して楽しむことで旅の不安をごまかした。

心橋ステーションの駅舎は米国の建築家が設計したモダンな洋風建築だ。白っぽい切石《きりいし》の外壁は角部のみ青石が使われ差し色となっている。全方位に並ぶ縦長の窓の庇には装飾彫刻が施されていて、重厚な建物に優美な印象を加えていた。

駅舎正面には客待ちの人力車がずらりと並ぶ。この人混みで上手く待ち合わせできるか不安だったが、さすが「お嬢様の声ならば百里向こうからでも聞きつける」と豪語する暁臣は、到着するなりすぐに月乃を見つけてくれた。

忠犬よろしく走り寄る彼は、いつもの書生服に濃紺の外套を羽織り、柳製の行李鞄を提げている。

「まず世古濱《よこはま》へ出ます。その後汽車を乗り換えて高府津《こうづ》まで行きます」

「世古濱から高府津行きの路線って、今年開通したばかりよね？」

「ええ。ですので以前よりだいぶ匣根へは行きやすくなりましたよ。高府津から匣根へは、乗合馬車になると思います」

「高府津から匣根へはどれくらい？」

「加納中将が滞在されている湯本《ゆもと》までは約三里（十二キロメートル）といったところでしょうか」

　暁臣の腕を借りて、混雑するステーション構内を歩く。切符を買い乗降場《ホーム》へ向かう道すがら、暁臣は丁寧に旅程について説明してくれた。

　聞けば聞くほど、月乃は自分の無知と無計画さが恥ずかしくなる。彼がいてくれなかったら、月乃は匣根へ行くどころか切符を上手く買えたかすらもあやしい。

　そして、ふたりを乗せた汽車は定刻通り出発した。心橋を出てしばらくは、列車は海沿いの埋立地の上を走る。

　月乃はこの先――まだだいぶ先だが――に待ち構えているミスターKとの対面を思って、緊張に身を固くして不動の姿勢で座っていた。あまりに悲壮な面持ちなので、暁臣はそれを解《ほぐ》そうと雑談を始めた。

「お嬢様、覚えておいでですか？　まだ奥様がお元気だった頃、旦那様と四人で世古濱へ行きましたね」

「ええ、覚えてるわ。たしかあの時はまだ暁臣さんが謡川《うち》へ来たばかりで、いつも難しそうな顔をしていて……一言も口をきいてくれなかったの」

当時を思い出した月乃がようやく笑顔を見せたので、暁臣も釣られて口元を綻ばせる。

「でも世古濱で皆で牛鍋を食べた時に、初めて『おいしい』って言ったのよね」

「いきなり他人の家に預けられたので、『先祖返り』の俺は親に捨てられたのではないかと当時はずいぶん悩んだんですよ」

「先祖返り……暁臣さんのご病気のこと？」

「ええ。まあ、お嬢様がとても優しくしてくださったので、すぐに真上のことなんて忘れてしまいましたけど」

暁臣は持病の治療のため、月乃の父を頼って謡川家に預けられていた。彼の両親にとっては暁臣自身を思っての決断だったとはいえ、子供心には淋しさもあったろう。

「暁臣さんはおじ様やおば様と離れ離れで淋しかったでしょうけど……。でも、私はお兄さんができたと思ってうれしかったのよ」

月乃の純粋な言葉に、暁臣は困ったように笑った。

「そろそろその役目は返上したいと思っているんですけどね」

「どうして？　それじゃあ淋しいわ」

「……貴女は時々とても残酷だ」

不意に、ガタンと大きく車体が揺れた。月乃が前に倒れ込みそうになったのを、暁臣が身体ごと受け止める。その手が思いのほか大きく、胸板が厚く逞しいことに、昨日抱きしめられた時には気付かなかった。

「ねえ、月乃」

月乃は思わず瞠目した。暁臣に名前で呼ばれたのは、ずいぶん久しぶりだったから。

「もしもこの旅がなんの益もなく終わり、ミスターKがこの先、貴女に支援することはないとしたら。──その役目、俺がもらってもいいですか」

え、と蚊の鳴くような声が出たきり続きが浮かばなくて、月乃は暁臣の言葉の意味をしばし考えた。暁臣はその沈黙こそが答えだと受け取ったのか、悲しげに目を伏せる。

「俺はずっと、貴女が義母から受けている不当な扱いを知りながら、それを誰にも話していませんでした。貴女の窮状を俺の親父が知ったなら、真上家はなんらかの援助をしていたに違いないのに、俺はそれを黙っていた」

「暁臣さんやおじ様にお金の世話になろうだなんて、考えたこともないわ。ましてや、暁臣さんがそれを気に病むような必要なんて……！」

「真上家には金がある。でもそれは親父の……家の力であって、俺の力ではないから」

――今は、まだ。

それはつまり、いずれは暁臣が事業を継ぐつもりだということだろう。

「それに真上が援助したとなれば、月乃――貴女の未来は、ひとつしかなくなるでしょう？　俺は金やしがらみでなく、貴女自身の意思で俺を選んでほしかった」

今や押しも押されもせぬ事業家の真上家が、身寄りのない月乃を金銭的に支援するとしたなら。それは世間的に見れば、身請けも同然だ。

つまりそうなれば必然、月乃は暁臣と――。

「でも、そういうくだらない遠慮や見栄《みえ》にこだわるのはもうやめにします。だから俺は、この旅が大失敗して、ミスターKには会えず、お嬢様がひどく傷付いてしまえばいいだなんて思っている。……ひどい男だと思いましたか？」

嘘だ。だってこの旅は、暁臣が行こうと言ってくれたのだ。

ちょうどその時川を跨ぐ鉄橋にさしかかって、ふたりの会話は軋む走行音に呑み込まれた。なんとなく聞き返せない雰囲気になって、月乃は窓の外を見る。汽車の吐き出す黒煙の向こうには、のどかな六郷川の水流が広がっている。

心橋から世古濱まではわずか五十分ほど。あっという間の行程だった。

次に乗る世古濱から高府津への汽車は一日三往復のみ。充分な待ち合わせ時間の下で乗り継いで、相模湾《さがみわん》沿いの高府津駅に着いたのは昼前のことだった。

暁臣に支えられながら下り立った乗降場《ホーム》からは、松並木の向こうに続く海岸が一望できる。頬を撫でる南風はわずかに潮の香りがした。

「お嬢様、ここからは馬車です。足はおつらくないですか？」

「ええ、大丈夫」

何事もなかったかのように話しかけてくれる暁臣にほっとしたものの、足の痛みを押して作った笑顔は見抜かれていた。一刻も早く、と焦る心と足を休めるために軽めの昼食を取る。幸いにも午後一番の乗合馬車は空席がほとんどで、経由した尾田原《おだわら》の城下町を窓から眺める余裕もあった。

そうして沢を越え、近年整備された車道をゆっくりと時間をかけて上り、馬車が匣根の玄関口である湯本に着いたのは昼下がりを過ぎた頃。

陽の傾き始める前のことだった。

「ここが匣根……」

暁臣の手を借りて馬車を下りた。連なる緑の天蓋は陽光を柔らかに解《ほぐ》してひんやりと涼しい。沢の露にしっとりと湿った地面を踏みしめて、月乃は深緑の呼気を肺に取り入れた。

「綺麗なところね。落ち着いていて、空気も澄んでる」

「こんな用事でなければ湖へ小舟遊《ボート》びにでもお連れするところですが――」

ふたりが連れ立って上る小径《こみち》、その横を流れる清流は山頂付近の湖を水源としている。加納中将が滞在するという旅館は川沿いの、ひときわ大きく立派な建物だった。擬洋風の木造建築である本館と、入母屋造《いりもやづく》りの古風な宿泊棟。和洋の趣を併せ持つ美しい建築物である。

「ここが――」

重厚な玄関扉を囲うように造られた露台《バルコニー》付きの車寄せ。漆喰の柱は希臘《ギリシャ》風の意匠が施されており、その優雅なたたずまいに圧倒される。

月乃が無意識のうちに隣の暁臣の外套を摑むと、彼は何かの気配を感じ取ったかのようにぴょこりと頭を持ち上げて彼方を見た。

「お嬢様、申し訳ありませんが先に中へ入っていていただけませんか。少し用事ができたので」

「えっ？」

「すぐに戻ってきます」

言うが早いか、行李鞄を提げたまま旅館の裏手へ駆けていってしまった。月乃はひとり残されて一瞬途方に暮れるも、すぐに弱気な自分を叱咤《しった》する。

（だめよ、これは元々私の用事だもの。暁臣さんに頼ってばかりではいけないわ）

意を決して、重い扉に手を掛けた。

大きな真鍮《しんちゅう》の取っ手を思いっきり引こうとしたところで、急に中からぐん、と押す力が加わったのでひっくり返りそうになる。扉の内側に玄関番《ドアマン》が控えていたのだ。

お荷物をお持ちしましょうか、という申し出をやんわりと断り、中へ入る。左足を引きずりながら天鵞絨《ビロード》の赤い絨毯《じゅうたん》が敷かれた木床を進むと、正面奥の受付に三《み》つ揃《ぞろ》いの洋装をした帳場係《フロント》が立っていた。

「あの、すみません。加納宣彦中将に、お会いしたいのですが」

「はい。お約束は」

隙のない笑顔でさらりと返されて、早速言葉に詰まってしまう。

「特には……。で、でも、加納中将にお目にかかりたくて帝都から参りました」

「そうおっしゃいましてもねえ」

「どうしても、どうしてもお会いしたいんです！　加納中将に会うために、心橋から汽車を乗り継いで来たんです。それで、」

「——儂《わし》になんの用かね？」

ここで引くわけにはいかない月乃と、得体の知れない小娘をおいそれと通せない受付。押し問答になりかけたところで、左奥の洋風茶室《ティールーム》から恰幅《かっぷく》の良い紳士が妻らしき女性を伴って現れた。

縦縞《たてじま》の着物に同じ羽織。頭はつるりと剃《そ》りあげているが整えられた顎髭《あごひげ》は豊かだ。五十代半ばだろうか、年相応に腹は出ているものの背は一枚板を入れたようにまっすぐ伸びていて威厳を感じさせた。

受付の男が「加納様」と声をかけたので、月乃はようやくこの紳士こそが目的の人物——加納宣彦中将その人なのだと思い至る。

あわてて目の前に飛び出て、めいっぱい頭を下げた。

「は、は、初めてお目にかかります！　わっ、私、謡川月乃と申します。ミスターKに……ち、違う。加納中将に、おあ、お会いしたくて、えっと」

実際に加納中将の前に立ったらなんと挨拶して何から話すべきか、何度も心の中で予行練習したはずなのに。学園で身につけた淑女の礼法も何もかもが飛んでいってしまって、頭を下げたままの月乃の全身から冷たい汗が出始める。

一方の加納中将ははて、と言った様子でしばらく月乃を見下ろしていたが、「謡川……月乃くん？」と名前を口にしたところで、ようやくピンときたようだった。

「もしかして、薔薇学園の？」

「は、はい！　そうです。中将のご厚意で、学費をご援助いただいて――」

「ま、まさか、昨日の電報を見てわざわざ匣根まで来たのかね⁉」

急に声色が変わったのでちらりと表情を窺う。すると目の前の中将は真っ青な顔でこちらを見ていた。

かと思うや次の瞬間、泣く子も黙る陸軍将校はものすごい勢いで直立の姿勢から背中を折り、禿頭《とくとう》を月乃の前に突き出した。

「すまん！　君の本当の支援者は――儂じゃあない！」


一方、旅館の裏手から敷地の英国式庭園に入り込んだ暁臣は、細長く整えられた針葉樹の下に、見知った後ろ姿を見つけていた。

「やはり君の鼻はごまかせないか」

暁臣が庭用の丸卓子《まるテーブル》越しに近付いたところで、男は振り返るでもなくそうつぶやいた。彼の腕に留まっていた白いフクロウが、ばさばさと翼を広げて飛び去る。

黒の中折れ帽に右手には銀の持ち手のステッキ。匣根の澄んだ空に紫煙を混ぜ込むのは——学園を休暇中のはずの、フリッツ・イェーガーである。

「ミスター・イェーガー……なぜ貴方が匣根に？」

暁臣とてただにおいを探り当ててここまでたどり着いただけで、この男の匣根滞在の理由など知る由もない。訝しげに問うと、フリッツはこちらに背を向けたまま紙巻煙草《シガレット》に口を付けた。

「加納中将は帝国陸軍で怪異を専門に扱う特別隊の指揮官だ。——あの輩《やから》に、匣根にい、本物の吸血鬼《ヴァンパイヤー》が出たと言われてね」

「つまりこれは任務の一環だと。でしたらどうして我々から隠れるような真似をなさるんです？　あのフクロウが我々の姿を認めた途端、貴方の気配が遠ざかるのがわかりました」

「…………」

至極もっともな暁臣の問いに、彼は黙ってしまった。中折れ帽を深々と被り直すと、ハァ、と地に向けて煙を吐き出す。

「……正直に言うと、困惑している」

「？」

「こんなところで会うと思っていなかった」

「は？」

あまりに彼らしくない言葉に聞こえて、暁臣は思わず間の抜けた声を上げた。

「お嬢様は昨日、ミスターKから突然支援の打ち切りを告げられて――」

「ああ、それは知っているが……。彼女は――月乃は足を怪我しているだろう？　なぜわざわざ、こんな山の中に……」

ほとんど独り言かというくらいのつぶやき。くすぶった煙草の先から灰の塊が落ちて、細い煙が彼の心の動揺を示すようにぐにゃりと揺らいだ。

暁臣は驚き呆れた。天下の陸軍中将を「あの輩」呼ばわりする不遜の男が、臆することなく吸血鬼《ヴァンパイヤー》と対峙《たいじ》する悪魔殺し《デモントーター》が。たったひとりの少女との鉢合わせに狼狽して、とっさに身を隠してしまったというのか。

「お嬢様は、そういう方なんです」

誰よりも彼女を知っている。その自負が、暁臣に口を開かせていた。

「玻璃《はり》の器のように繊細で、けれどどんな苦難を注がれても決して輝きを失わない。お嬢様は……そういう方なんです」

だからこそ、彼女は人を惹《ひ》きつけてやまないのだと。

その言葉に、フリッツは二、三度、ぱちくりと瞬きをして。

「……そうか。そうだったな」

まばゆいものを見るように目を細めると、ふわりと優しく微笑んだ。

この時、暁臣の中ですべてが繋がった。

「加納中将に会うために来たんだろう？　彼なら細君とティールームに……」

「いいえ」

あまりにきっぱり否定したので、フリッツが怪訝《けげん》そうに眉間に皺を寄せる。暁臣は今一度、しっかりと首を左右に振った。

「今確信しました。お嬢様は加納中将ではなく──貴方に会うためにここへ来たんです。ミスター・フリッツ・イェーガー」

「──？」

「いえ。こうお呼びするべきでしょうか？　フリードリヒ・フォン・カレンベルク伯爵」

その瞬間、視線がぶつかった。決してはぐらかされないように、暁臣は灰の瞳を捉えて慎重に言葉の刃を研ぎ澄ませる。

「〝Jäger《イエーガー》〟は獨語で狩人を意味する。フリッツ・イェーガーとは、悪魔殺し《デモントーター》としての貴方の通り名にすぎない」

真実を見定めようと、注意深く目の前の男を観察する。フリッツもまた、その視線を受け止めて無言で紫煙を吸い、吐き出した。

「貴方がミスターKではないのですか？　ミスター・カレンベルク」

フリッツは答えない。時間が凍りつき、吐き出された煙だけが天へ上る。

帝国陸軍で対怪異特別隊に所属する兄と、紡績事業者として西欧との取り引きを目論《もくろ》む父。暁臣はそのいずれもから、奇妙な獨国人の話を聞かされていた。

決して金にはなびかない、孤高の悪魔殺し《デモントーター》。滅多に社交の場に現れない、謎めいた富豪。この二者が同一人物だと悟るのは、それほど難しいことではない。

フリードリヒ・フォン・カレンベルク。

偶然か、必然か。——そのイニシアルはK。

「貴方はふたつの顔を持っている。怪異退治の専門家である『イェーガー』、そして莫大《ばくだい》な富を持つ資産家であり、自ら手広く事業も手がけるカレンベルク家の若き当主」

「今は英語講師もしている」

「ふざけないでください！」

晩臣の生み出すひりついた空気が、かえってフリッツに冷静さを取り戻させていた。彼は間に置かれている木製の丸卓子《まるテーブル》に歩み寄ると、その上の銀の灰皿に煙草を押し付ける。そして目の前の晩臣を、冷艶な冬空の瞳で見返した。

「——いかにも。俺の名はフリードリヒ・フォン・カレンベルク。だが『狩人《イエーガー》』がカレンベルク家の当主であることも、俺が今この国に滞在していることも、一部の者には知られた話だ。別に隠しているわけではない」

先ほどまで珍しく戸惑っていると思いきや、自分のこととなると途端に余裕じみたこの態度。

——否、逆なのだ。月乃だけが彼から冷静さを奪うことができる。その事実が、晩臣の心をざわつかせる。

「自身がミスターKであることはお認めにならないんですか」

「いや、認めるよ。——月乃に金を支援していたのは俺だ」

思いのほかあっさりと。フリッツは晩臣の推理を肯定してみせた。

望んだ答えは得られたはずなのに、真意ははぐらかされたようで晩臣は歯嚙《はが》みする。

「どうして突然支援を打ち切ったのですか！」

フリッツは月乃の嘆きを知らない。暁臣の腕の中で、今にも崩れ落ちそうになった月乃の姿を。

「月乃への支援をやめるつもりはない。俺は電報にこう書いたはずだ。『学園を通じたすべての支援は停止す』と」

「……！　なぜ、そんな紛らわしい真似を……！」

「これまで月乃に渡るはずだった金がどこへ流れていたのか。それを白日の下に晒《さら》すのに手っ取り早いと思ったまでだ」

悪びれもせずに言い放つ。

たしかに彼の一本の電報は、これまで隠されていた大人の悪意を易々と暴いてみせた。月乃を追い込んだのはあくまで学園長や義母で、フリッツのせいではない。暁臣も頭ではわかってはいるのだが、それでも理不尽な怒りは簡単に収まりそうにない。

「安心したまえ。金はこれまで通り払う。謡川家への支援は止めるつもりだが」

「そもそもなぜ、お嬢様や謡川家に金銭援助をなさろうと？」

「――贖罪《しょくざい》だよ」

贖罪。罪をあがなうこと。つまりは罪滅ぼし。

暁臣がその理由を問う前に、フリッツは新しい煙草に火を点けた。

新鮮な煙をゆっくりと吸い込んで、彼方へ吐き出す。その動作のひとつで、容易《たやす》く暁臣の気勢を殺《そ》いでしまう。

「俺の素性を明かしたのだから君にも答えてもらおう、騎士殿《ヘル・リッター》」

「……俺に、答えられることであれば」

「俺が知りたいのはDr.《ドクトル》謡川。月乃の父君が遺した研究成果の行方だ」

暁臣の目が見開かれた。

「貴方は……。それがなんだか知っているのですか」

「Natürlich.《無論だ》 謡川氏の遺産――それはあらゆる怪異の野性を鎮め、理性へ立ち返らせる薬。俺はそれを探してこの国へ来た」

研究医であった月乃の父の、生涯の主題。それは本能と理性の狭間《はざま》で苦しみ、それでもなお人に紛れて生きる怪異たちに福音となり得るものだった。

「騎士殿《ヘル・リッター》、君なら知っているのでは？　彼の生涯をかけた研究の結晶が、どこに眠っているのか」

場に少しの静寂が訪れた。

暁臣は答えなかった。口を真一文字に引き結んで、じっと相手を見返している。するとフリッツはトンとステッキで芝生の地面を叩いて、こともなげに沈黙を割った。

「君は人狼《ヴァラヴォルフ》だな？」

ごくり、と暁臣の喉が鳴った。

人狼《ヴァラヴォルフ》――それは狼《おおかみ》の強靭《きょうじん》さと優れた五感を併せ持つ獣人の一種。自在に狼に変じたり、半人半狼の姿を持つ者もいる。

「――正確には、人狼《じんろう》とは少し違います」

この男に見抜かれていることは知っていた。だが面と向かって言い放たれると、野性の警戒心はさざ波を立てる。暁臣は逸《はや》る本能を落ち着けようと深呼吸した。

「真上は古くは『真神《まがみ》』――。狼の姿をした土地神の子孫と言われています。俺は……。その血が、少し強く出ている」

「ふむ。いわゆる『先祖返り』か。だが実体は同じだろう？　満月の夜は原始的な衝動を抑えられず、身も心も獣になる」

――例えば今夜も。

フリッツは吐き出した紫煙で、今はまだ星の気配すらない青空を指し示す。

「今は制御できています」

「つまり、それこそがDr.謡川の研究の成果だ」

「……はい」

上手く誘導されたと思いつつ、暁臣は頷くしかなかった。

彼が幼い頃謡川家に預けられていたのは、先天性の病の治療――つまりは先祖返りによる、人狼《ヴァラヴォルフ》の力の暴走を抑えるためなのだから。

「教えてくれ。俺はそのために謡川家を支援していた。遺族に屋敷を管理させ、彼の貴重な研究資料をそのまま保存し、散逸させないために。――だが陸軍の医官に謡川家の屋敷を捜索させたが、それらしきものは得られなかった」

ずい、と丸卓子《まるテーブル》越しに身を乗り出す。暁臣は射抜くような男の視線とまとわりつく煙を手で払いのけた。

「旦那様の研究は、ただ身近な人々を守りたいからという、ささやかなものでした。貴方の目的が金ならば、俺は死んでも口を割らない」

「言っただろう、贖罪だと」

「では、謡川家への支援が資料の保存のためなら、お嬢様は？　月乃お嬢様個人への援助はなんのために？」

暁臣の問いに、静かな圧力を伴う「狩人」の尋問はぴたりとやんだ。フリッツは急に乗り出しかけた身を引いてしまい、卓子《テーブル》と揃いの木椅子にどすんと腰を下ろす。

「ついでだよ。……ただの気まぐれだ」

顔を逸らして紫煙と共に吐き捨てる。

その態度こそが告げていた。彼にとって月乃は特別なのだと。

「気まぐれであれだけの金を？」

「金額が誠意になると思った。それだけのことだ」

手の内は見せても、心の内までは明かさない。頑なフリッツを前にして、暁臣は観念したようにハァ、と嘆息した。

「――お嬢様は恋しているんです。ミスターKに」

フリッツは「へえ」と興味なさげに煙を吸い込む。

「夢見がちな少女の抱く、美化された幻想だ」

「はい。俺もそう思っていました。でも――今のお嬢様からは、『恋の香り』がする」

「……は？」

恋の香り。

急に場違いに詩的な表現が飛び出したので、フリッツは虚を衝《つ》かれる。思わず目を丸くすると、対する暁臣は散切頭をくしゃくしゃと乱して「あ～もう」とやけくそ気味に暴露する。

「もっと直接的な表現がお好みですか？　発情した雌のにおいがするって言ってるん

ですよ」

フリッツの目はますます丸くなった。

「ミスターKへの想いが、貴方に出会って形を持った。未成熟だったお嬢様の心を、貴方が花開かせた」

「いや、だが――」

突然ダン、と暁臣が卓子《テーブル》を叩いた。

「その香りに当てられそうになった俺の身にもなってくださいよ！　一日中！　隣で！　別の男のことを考えて女のにおいを立ち上らせるお嬢様と過ごした俺の身に！　今日は香水の香りで多少ごまかされていましたけど――」

後半はブツブツと盛大な独り言になって、最後はハァ――と大きなため息になる。

その謎の勢いに圧倒されるあまり、フリッツは背広《スーツ》に灰を零しかけた。

「おわかりでしょう？　月乃お嬢様は貴方に会うために匣根まで来た。足の怪我を押して、亡き奥様の形見を質に入れてここまで来た！」

「……だが……彼女が会いに来たのはミスターKだろう？」

「そうだって言ってるじゃないですか！」

いいや、とフリッツは首を振る。

「彼女にとってのミスターKは加納中将だ。俺じゃない」

「そうですか。ならばそれで結構！」

ついに暁臣は、ずっと左手に携えていた柳の行李鞄を卓子《テーブル》の上に叩きつけた。ドン！　と大きな振動で、灰皿が吸い殻ごと地面に落ちる。

「お嬢様がこの二年間、何を支えに、何を考え、どんな想いを育んで生きてこられたのか。貴方はそれを知る権利と、義務がある」

蓋を開けて鞄の中からバラバラと零れ落ちたのは、大量の白い封筒。

月乃が二年もの間書き続けた、ミスターKへの手紙だった。

「これを読んで、貴方がお嬢様のすべてを愛するなら。──貴方の求めるものは、自《おの》ずと手に入るはずだ」

鞄をひっくり返してすべての手紙をその場に吐き出す。終わるとバタンと乱暴に蓋を閉めて、卓子《テーブル》から引き上げる。

「ああ。でも、貴方には関係ないんですね？　ミスター・イエーガー」

フリッツは目の前に積み上げられた封筒の山を、ぽかんと見ている。

「ミスターKは名乗り出ない。貴方は贖罪だなんだと言いながら、お嬢様に真実を打ち明けるつもりもない。なら、金の支援もとっととやめてください。臆病者にお嬢様は渡せない」

「では」と一礼した暁臣は、さっさとその場に背を向けた。

「待て。君はなぜ――」

「俺は元々、大学を卒業したらお嬢様に求婚するつもりだった」

引き留めかけたフリッツの言葉を遮る。握りしめた行李鞄の革製の持ち手が、みしりと軋んだ。

「両親もそのつもりでいたし、お嬢様が誰を想おうと俺の気持ちは変わらない。貴方が名乗り出ないとおっしゃるなら、その予定が少し早まるだけだ」

「……そうか……」

誰よりも月乃の幸せを願うから。

暁臣は長い間、己の想いを月乃に押し付けることはしなかった。いつか彼女が、彼女自身の意思で己を選んでくれればいいと。

「今夜は満月だ。吸血鬼《ヴァンパイヤー》が獲物を狙うにはうってつけの夜になる。特に、今夜の敵は月乃に会わせたくない……。月乃には、くれぐれも部屋から出ないように伝えておいてくれ」

去り際の背中にフリッツが忠告する。暁臣はただ、無言で頷くだけだった。

その後しばらく、フリッツは目の前に積み上がった白い封筒をただぼんやりと見ていた。月乃がミスターＫへ綴った手紙は、この二年強で三十通近くになる。

この国へやってくる前から、加納中将を通じて月乃に援助をしていたのは紛れもなく彼自身だ。だがフリッツは心のどこかで、彼女が思い慕うミスターＫと自分を別ものののように捉えていた。

「俺は彼女に何をしてやった？　ただ人づてに金を渡していただけだ」

優しい言葉をかけるでもなかった。月乃の苦境を知ろうともしなかった。そもそも偶然の出会いがなければ直接会うこともなかったろう。そんな自分が彼女の心の支えになっていたとは、どうしても思えなかったのだ。

自分へ宛てられた手紙のはずなのに、その中身を読むのは他人の私信を覗き見るかのような後ろめたさがある。

《お嬢様がこの二年間、何を支えに、何を考え、どんな想いを育んで生きてこられたのか。貴方はそれを知る権利と、義務がある》

暁臣の言葉に背中を押されて、ようやく白い山の中から無作為に一通を取った。腰のベルトの背面から薄刃のナイフを取り出して、封を開ける。

《拝啓　ミスターK
余寒の候、朝の空気は冴え冴えと澄んで、心まで洗はれるやうです。ミスターKにおかれましては、つゝがなくお過ごしでせうか――》

冬頃書かれたものだろうか。

時候の挨拶で始まる書き出し。一字一字丁寧に書かれたとわかる整った文字。

義母や義妹に虐《いじ》められ、困窮していることなど微塵《みじん》も感じさせない内容だった。けれど決して虚勢を張ろうだとか、優秀な学生に見せようといった虚飾や欺瞞《ぎまん》は感じられない。


《昨夜、帝都に雪が降りました。学園の庭一面に真綿のやうな雪がうつすらと積もつて、白い景色の中に、黄色の水仙が一輪、スッと佇んでゐます。彼女には遥か遠く、春の気配が見えるのでせうか》

むしろ手紙の大部分を占めているのはささいな日常の一場面だ。学園の周囲の森で見かけた鳥や草花。授業でのちょっとした失敗。新しく学んだ知識──。

　それは普通の人間であれば見逃してしまいそうなほどの小さな発見と、ささやかな喜びたち。

　いつの間にかフリッツはその言の葉に魅せられて、二通、三通と読み進めていた。

《拝啓　ミスターK
　葉桜の緑が日ごと鮮やかになつて、その根元でつゝじの蕾たちが今か今かと開花の期待に身を揺らしてゐます。ミスターKにおかれましては──》
《今朝、起き抜けに学園の森から郭公《かつこう》の声が聞かれました。何かとても好《よ》い事が在りさうな、ワクワクした心持ちが致します。郭公は学名をクヽルスカノルスと言ふのださうです。クヽルスと鳴くからださうです。可愛らしいと思はれませんか》
《炎天の赤土のうゑを、蟻《あり》が行列を作って、大きな荷物を一生懸命運んでゐるのです。ジリジリと灼けるやうな熱さでも、文句も言はないのです。思はず傘を傾げて日陰を設けたのは、余計なお世話だつたでせうか》
《生垣の薔薇は真ツ赤に綻んで、まるで夕焼けを緑の額に収めたかのやうです。貴方にもお見せしたい──》

そしてその手紙のすべてには、四季折々の景色を切り取った美しい水彩画が同封されていた。

梅雨の季節には雨露を戴く花菖蒲《はなしょうぶ》。夏には青空に両手を広げる向日葵《ひまわり》の群れ。今にも香ってきそうな赤い薔薇の絵には、本物の薔薇の花弁が添えられて。春には桜かと思いきや、軒下で微睡《まどろ》む猫が。時には蝶《ちょう》が羽化する瞬間を。「私の親友」と題された、柔らかな笑みを浮かべる千代の絵姿もあった。

この手紙には手触りがある。温《ぬく》もりがある。そして何より、他者に向けられる優しい眼差しがあった。

読めば読むほど、謡川月乃という少女の輪郭が鮮明になる。目の前に現れた彼女が、そっと心の小箱を差し出して、自分にだけその中身を打ち明けてくれたかのような錯覚を抱く。

もっと知りたい、永遠に見ていたい。その心に詰まった、美しい宝石を――。

「〈参ったな……〉」

フリッツはずるりと背もたれに体重を預けると手で口元を覆った。中折れ帽の陰から覗く横顔は耳まで赤い。白い便せんを傾きかけた陽に透かせば、彼女からのメッセージが逆光の幻の中に浮かび上がる。

ミスターK、あなたのことばかり考えています。

ミスターK、お慕いしています。

ミスターK、あなたに会いたい――。

実際のところ、文中でミスターKに直接呼びかける言葉はせいぜい体調を気遣う言葉くらい。

ああ、でも。

紡がれた言葉のひとつひとつが。行間から零れる熱が。水絵の具で描かれた鮮やかな世界が。すべてが熱烈に語りかけるのだ。あなたを愛しています、と。

それは敬愛か、親愛か、はたまた友愛か。

受け取る者によって答えは変わるだろう。だが間違いなく、その手紙は愛があふれていた。

こんな手紙を読まされて、しかもその想いのすべてがたったひとり、自分へ向けられていると知ったなら。

一体誰が、この少女を愛さずにいられるだろうか。

「ああ、月乃……。俺は――」

心の奥底から湧き上がる熱情を持て余して、ついにフリッツは卓子《テーブル》の手紙の束に突っ伏してしまった。その横に白いフクロウが降り立って、つんつんと主人の上着の袖を引っ張る。

「わかってる……わかっているさ。とっくの昔に、俺の心は囚《とら》われていた」

苦しくてたまらない左胸を、上着の上からぎゅうと掴む。すると内側のポケットの中、肌身離さず持ち歩いている小さな絵本の紙束が、まるで生き物のように熱を持って脈打った。

『さみしそうなおつきさま』。一度目は三年前、この絵本に出会った時に。

二度目はこの一ヶ月、くるくる変わる彼女の表情を間近で見ているうちに。

そして三度目は、たった今。

孤高の悪魔殺し《デモントーター》フリッツ・イェーガー。

巨万の富を持つ伯爵フリードリヒ・フォン・カレンベルク。

「Sie ist meine Selene.《彼女は俺の女神だ》」

彼は三度、ひとりの少女に恋をする。

◇◇◇

獨帝国で伯爵位を預かるフリッツが、月乃の父、謡川芳喜《よしき》と出会ったのは三年前。まだ伯林《ベルリン》に雪が残る頃のことだった。

フリッツは自領とは別に、首都伯林に邸宅といくつかのタウンハウスを所有している。その一室に住み込んだのが謡川氏だった。

「やあやあはじめまして伯爵！　僕は謡川芳喜、見ての通り医者です」

彼は祖国から金銭支援を受けて渡航してきた国費留学生だった。

人懐っこい笑みの小柄な男。カタコトの英語交じりの獨語を操り、童顔に無理矢理生やした口髭《くちひげ》がまったく似合っていない。見ての通りと言われても、彼の医者らしきところと言ったらせいぜい年季の入った黒い革鞄くらいだった。

ずいぶん若そうだなと思ったのだが、聞けばフリッツよりかなり年上で、祖国に妻子がいるのだという。東洋人は皆若く見えるが、彼はその中でもことさらだった。

伯林に滞在する謡川氏は医大の聴講生として過ごすかたわら、持ち前の社交力でとある医学界の権威の研究室にまで出入りするようになる。さらに、なんの因果かフリッツが悪魔殺し《デモントーター》の「狩人《イエーガー》」だと知ると、怪異――特に吸血鬼《ヴァンパイヤー》や獣人《ティアスローフ》について執拗《しつよう》に尋ねてくるようになった。

なんでも、彼の専門研究分野は怪異絡みなのだという。

吸血鬼《ヴァンパイヤー》は自身が長大な寿命を持つからか、吸血により仲間を増やす習性ゆえか、種の保存への関心が薄い。戯れで人間の女を孕《はら》ませることはあるものの、半鬼人《ダンピール》と呼ばれる混血は、吸血鬼《ヴァンパイヤー》のごとき強靭な肉体を持ちながら寿命は人とそれほど変わらない。ゆえに両親のどちらとも相容《あいい》れない、日陰の存在である。

これらの事情から、吸血鬼《ヴァンパイヤー》は次第にその数を減らしていた。遥か昔は支配者階級として君臨し、公然と生け贄を要求した吸血鬼《ヴァンパイヤー》も存在したが、現代では大抵、人に紛れて細々と生きている。

しかし、だからと言って彼らから吸血の本能が失われたわけではない。吸血鬼《ヴァンパイヤー》は今も昔も、恐るべき人類の敵であることに変わりはないのだ。

「伯爵、吸血鬼《ヴァンパイヤー》狩りの時は教えてくださいね？　彼らの血のサンプルがどうしてもほしい」

「素人を連れて行けるか」

「僕はこう見えてサムライの家系の生まれですよ！　どうです、なかなか強そうでしょう？」

そう言って構えてみせた彼のへっぴり腰にフリッツは嘆息した。

どれだけ冷たくあしらっても、謡川氏はまったくめげなかった。あまりのしつこさに根負けして、フリッツは付きまとわれる代わりに自分の住まう邸宅の書庫を彼に開放した。そこには一般には流通しない、怪異に関する貴重な書物がいくつもある。

ところが初め喜んで日参していた謡川氏は、今度は帰るのが面倒だと言っていつの間にか邸宅の客室のひとつに居着いてしまった。

「資料を閲覧するのは認めたが、誰が住み着いていいと言った？」

「いやあ、いちいちタウンハウスに戻るのが億劫《おっくう》で……。この屋敷のベッドと食事があまりに素晴らしいのでね！」

彼はいつの間にかメイドやコックとまで親しくなって、当たり前のように寝食の提供を受けていた。

「お前の図太さと熱心さは尊敬に値するよ。だがこの屋敷は——」

「まあそう固いことを言わずに。ではお近付きの印に、特別に僕の宝物をお見せしましょう！」

いや頼んでない、というフリッツの声はまったく無視されて、彼が三つ揃いの上着の隠しから取り出したのは一冊の紙束だった。

「なんとこれは僕の娘が描いたんだ！　素晴らしいでしょう？　彼女はデューラーもびっくりの天才だよ！」

「ふうん」

ルネサンス期の巨匠と自分の娘を同列に語るなど親馬鹿にもほどがあるだろう、とフリッツは彼の熱弁を呆れ半分で聞き流した。

謡川氏が「娘の最高傑作」と豪語したそれは、手のひらほどの大きさの手作りの絵本だった。厚口の四六判を折って束ねた表紙に、青白い月の絵が描かれていた。

題名は『さみしそうなおつきさま』。添えられた署名は、TSUKINO.U。

話はこうだ。ひとりぼっちで空に浮かぶ月が、ある時孤独の涙を流した。するとその涙が星になって、夜空に美しい物語を描き出す。小舟のように細く白かった月は輝き出した星たちに囲まれて、徐々に幸福で満たされて黄色い満月になる――。

月を孤高の存在と見做《みな》すのは古今東西お決まりの着想《モチーフ》で、決して珍しいものではない。子供が描いたものとしては良い出来だが、発想自体は陳腐とも言えた。

だがなぜだろう。

この絵本を読んだ時、フリッツはぎゅっと心臓を鷲摑《わしづか》みにされた気がした。心の奥を甘い棘に苛《さい》まれるような痛みを覚えた。

驚いて二度、三度と読み返す。

わからない。動悸《どうき》の理由が。けれどこの時完全に、フリッツは少女の絵本の虜《とりこ》になった。

しばらく夢にすら見た。真っ暗闇に黄色い満月が浮かんでいる、自分はそれを摑もうとするが届かない——。正体不明の執着は熱病にも似ていた。

最終的には謡川氏に「その絵本を言い値で譲ってほしい」とまで申し出ていた。

「う～ん、これは僕が月乃からもらったものだからねぇ。貴方が日本に来て、月乃に直接了解を得るならいいけれど……」

さすがの謡川氏も、愛娘《まなむすめ》からの贈り物を金で手放すようなことはしなかった。

だが手に入らないと思うと、ますます焦がれてしまう。

「伯爵はこの本の何がそんなに気に入ったんだい？」

「……わからない」

困惑して頭を振るフリッツに、謡川氏は「僕はわかる気がするよ」と微笑んだ。

「この絵本の……いや、月乃の素晴らしいところはね、孤独の月を崇《あが》めるのでもなく、憐《あわ》れむのでもない。ただ側に寄り添って、時に一緒に涙を流す。その眼差しこそが、尊いと思うのさ」

なるほどそうかもしれないと思った。自分は月を包み込む、少女の無垢な優しさに惹かれたのかもしれないと。

「さしずめ月の守護者……〝Selene《セレーネー》〟か」

「伯爵！　貴方は実にロマンチストだね。そう、なんてったって『月乃』だからね」

「お前に似て、悩みなんてこれっぽっちもないような幸福な娘なんだろう」

「外からはそう見えるかもしれないね」

自身がよほど幸福でなければ、他人に心砕けるはずがない。フリッツの決め付けを、謡川氏はやんわりと否定した。

「月乃は他人の痛みも喜びも、自分のことのように感じることができる。とても感受性が強い子だよ。でもだからこそ、簡単に人前で涙を見せない。自分が泣くと、悲しむ人がいることを知っているからね。月乃は妻を——母親を亡くした時だって、僕の前では泣かなかった」

夜空の月にさえ慈悲の手を差し伸べる娘が、自分のためには泣けない。

長らく孤独に生きてきたフリッツにとって、にわかには理解できない感覚だった。

「ああでも、忠臣蔵で吉良上野介《きらこうずけのすけ》が斬られた時はワァワァ泣いていたっけなァ。

——あ、吉良って奴は赤穂浪士《あこうろうし》に成敗される悪党なんだけどね。立場が違うだけで誰も間違ってないのに、どうして争わないといけないんだろう……って」

そう言って、謡川氏は胸元から例の絵本を取り出すとぎゅっと握った。

「僕は月乃にいつまでも優しい心を忘れないでいてほしい。だから医者として、すべての人を助けたいのさ。その正体がどんなに恐ろしい怪異でも、その人が生きたいと望む限りは。……月乃が悲しまないようにね」

それが、わざわざ異国に留学して貪欲に学ぶ彼の動機だった。

「甘っちょろい思考だ」

「ああ。だけど理想としては悪くないだろう？」

その時は、絵空事だと思った。

だが、謡川氏は決して口ばかりの夢想家ではなかった。彼は伯林滞在中、実際に吸血鬼《ヴァンパイヤー》に襲われた何人かの人間を救ったのだ。

吸血鬼《ヴァンパイヤー》に噛まれた者の多くは命を落とし、生き延びた者は吸血鬼《ヴァンパイヤー》の眷属となって血を求めるようになる。だが彼は、なんらかの方法で被害者の吸血鬼化を止めた。

「まだ研究中だから」と仔細《しさい》は明らかにしなかったが、彼は怪異の野性を抑え、理性を呼び起こす薬を開発しているのだという。

日本で人狼《ヴァラヴオルフ》の血を引く少年を治験者として、ある程度成功しているとも。

謡川芳喜という男は、確固たる信念の下に前進する尊敬すべき研究者だった。彼には揺るぎない理想と、それを成すだけの力があった。

だが——。

◇◇◇

甘い感傷の時は、日暮れと共に終わりを告げる。太陽は西へ還《かえ》り、匣根の山に夜の暗幕が落ちた。

「——満月の夜は、嫌でも思い出す」

紙巻煙草《シガレット》を踏み消して見上げた青白い月は、伯林の空と同じように煌々《こうこう》と輝いている。忘れようもない過去の記憶に一旦蓋をして、黒の中折れ帽にインバネスコートを纏ったフリッツは注意深く夜の気配に耳をすませていた。

今宵《こよい》は満月、人ならざる怪異が狂気に溺れる日だ。人狼《ヴァラヴォルフ》はその身を獣に変え、吸血鬼《ヴァンパイヤー》は獲物を求めて動き出す。既にフリッツは、匣根に着いた日から入念に吸血鬼《ヴァンパイヤー》をこの地に縫い付けるための策を施していた。

加納中将によると、匣根に現れた吸血鬼《ヴァンパイヤー》はこの一週間で既にふたりの人間の生き血を啜《すす》った。フリッツもひとりの被害者を検分したが、その様相は学園の事件とは明らかに異なり、一目で間違いなく純種の吸血鬼《ヴァンパイヤー》の仕業と断定できた。

さらに、被害者の肉体に残された痕跡はフリッツにある重要な情報をもたらしていた。背に、野生動物に引き裂かれたかのような三本の鋭い傷痕があったのだ。既に荼毘《だび》に付されたひとりめの被害者も同様であるという。

「まさか、こんな極東の地で尻尾を摑むことになるとはな」

興奮とも恐れともつかぬ感情を嚙み殺し、フリッツはステッキの柄を握る手に力を込めた。

吸血鬼《ヴァンパイヤー》は気位の高さと独特の美学から、獲物に余計な傷を付けることを好まない。しかし中には己の存在を誇示するため、あるいは単なる娯楽として、必要以上に残忍なやり方で人を襲う個体がいる。まさに今回の犯人がそうであり、フリッツは被害者の背に三本傷を刻むという同様の手口を過去に伯林で目にしていた。伯林の事件の犯人はその後行方をくらましている。――つまり、同一犯の可能性が高い。

「〈銀の杭《くい》と聖水で一帯を覆う結界を描いた輩は貴様か？〉」

不意に風が揺らいだ。地を這うような低音が周囲の闇を震わせた。

明かりの消えた温泉街の奥地。開けた草原の暗がりの向こうに、誰かがいる。

「〈ああ。それが仕事なんでな〉」

フリッツは静かに声の主を見定めた。頭まで覆う漆黒の外套《マント》から覗くのは鷲鼻《わしばな》に赤毛。前傾気味の上背はフリッツよりも高く、不気味な威圧感を放つ異人の男だった。

「〈悪魔殺《デモントーター》しか……。わざわざこんな辺境の地までやってきて、オレの平穏を乱そうと言うのか〉」

「〈平穏？　お前のやり方は悪趣味な上に目立ちすぎる。欲にかまけるばかりではなく、少しは日光を浴びて運動でもした方がいい〉」

吸血鬼《ヴァンパイヤー》は太陽の光を嫌う。フリッツの皮肉に、赤毛の男は憎々しげに舌打ちした。

その上空で、飛んできたフロッケが警告めいた羽音でばさばさと旋回している。

「〈オレが誰か知っていてそんな減らず口を叩くのか？　若造〉」

「〈もちろんだ老いぼれ。俺はこの二年、お前を捜していた――赤い鉤爪《ローテクラレン》〉」

赤い鉤爪《ローテクラレン》、そう呼ばれた男の口元が狂気じみた笑みに歪み――次の刹那。

ぎりりりりり！

男は瞬時にフリッツに肉薄していた。フリッツのステッキの柄と男の得物が噛み合い、不快な金属音を生んだ。奇襲が不発と見るや、男はその長身から想像もつかないような身軽さで後ろへ跳ぶ。

外套《マント》がはためき、燃える赤毛と恐ろしい眼光を満月の下に露わにした。

その右手で鈍い光を放っているのは、獣がごとき鋼の鉤爪《かぎづめ》。彼が「赤い鉤爪《ローテクラレン》」と呼ばれ、伯林中を震撼《しんかん》させた所以《ゆえん》である。

しかし赤い鉤爪《ローテクラレン》は二年前の東洋人殺害事件を最後に消息を絶っていた。国から懸賞金を懸けられ、外国へ出奔したとささやかれていたのだ。

「〈傲慢な人間ども！　吹けば飛ぶような卑小な存在のくせに、蒸気機関で無垢の大地を蹂躙《じゆうりん》せしめ、造り物の明かりで闇を切り取り、この世の覇者を気取ろうなど と！〉」

鉤爪の一撃は重く、受け止めるたびフリッツの細身の刃は軋んだ。柄を握る腕までをも痺《しび》れさせる脅威の力を前に、フリッツは否応《いやおう》なく確信した。

この男が被害者の背に刻んできた凄惨な三本傷は、決して猟奇的快楽によるものではない。人への深い憎悪そのものだと。

「〈許さんぞ、下等種族の分際で、我ら吸血鬼《ヴァンパイヤー》の領分たる闇夜を脅かす貴様らを！〉」

血を吸われれば死ぬ。血を吸わねば死ぬ。人には人の、吸血鬼《ヴァンパイヤー》には吸血鬼《ヴァンパイヤー》の事情がある。それは決して交わらない平行線。ゆえに、人と怪異が和解することは不可能だ。

その証拠に、謡川芳喜は吸血鬼《ヴァンパイヤー》に殺された。

吸血鬼《ヴァンパイヤー》の魔手から人を救いたい。ひいては吸血鬼《ヴァンパイヤー》自体を守りたい。そう願った心優しい医師は、吸血鬼《ヴァンパイヤー》の営みを妨害する愚か者としてむごたらしく殺された。――背に、痛々しい三本傷を刻まれて。

彼が伯林へやってきてちょうど一年。冬の終わり頃のことだった。

《伯爵……。僕には娘がいる。後妻と、その子供も》

異国の冷たい満月の下で、謡川氏はフリッツに死後を託した。あの絵本と共に。

《僕の研究のすべては、愛する者の元に残してきた。だから貴方に託すよ。僕の甘っちょろい理想と、月乃を、守ってほしい……》

不可能だ。彼の思想とフリッツの生き方は相容れない。そう思ったけれど、彼の目指した理想は伯林の寒空に捨て置くにはあまりにもまぶしくて――。

「〈ハハハ! 口ほどにもないな若造!〉」

「〈……五月蠅《うるさ》い〉」

その瞬間、これまで防戦ぎみだったフリッツの刃が閃《ひらめ》き、赤い鉤爪《ローテクラレン》の右腕を斬り飛ばした。利き腕ごと武器を失い、バランスを欠いた長身はぐしゃりとその場に崩れ落ちる。

後はがら空きの心臓に銀の刃を突き立てるだけで終わる。そうすれば吸血鬼《ヴァンパイヤー》は灰になり、その死後には肉体すらも残らない。

「〈くそォッ! 人間が、人間ごときが……!〉」

憎悪の消えぬ眼光で、赤い鉤爪《ローテクラレン》は呪詛《じゅそ》を吐いた。

月乃の父、謡川芳喜の仇《かたき》。この男を殺せば贖罪は終わるだろうか。

罪悪感という枷《かせ》を打ち捨て、月の女神に愛を乞うことが許されるだろうか。

《医者として、すべての人を助けたいのさ。その正体がどんなに恐ろしい怪異でも、その人が生きたいと望む限りは》

《異国の地でひとりぼっちなんて、なんだか可哀想ですね》

それはほんの一瞬の気の迷い。

かつての謡川氏の、いつかの月乃の言葉が彼の思考をかすめて、刃を突き出すのが少しだけ遅れた。その隙を吸血鬼《ヴァンパイヤー》は見逃さなかった。鉤爪に劣らぬ鋭い手刀がフリッツの身体に深々と突き刺さり、脇腹を抉《えぐ》り取る。

「〈バカめ！　鉤爪などなくとも、人の肉を裂くのは容易い〉」

「っく……」

上着ごと上半身を引き裂かれて、だがフリッツは倒れはしなかった。そのまままわずかに遅れて突き出された銀の刃が、赤い鉤爪《ローテクラレン》の左胸を穿つ。

「〈あッ……ガ、貴様、なぜ――!?〉」

――なぜ倒れない。

吸血鬼《ヴァンパイヤー》の口から驚愕《きょうがく》の呻《うめ》きが漏れた。

己の左手は確実に悪魔殺し《デモントーター》を捕らえた。普通の人間ならば立っていられない致命傷だ。しかし今目の前で不敵に笑う金髪の男、彼が流す血から零れるにおいは間違いなく、人ならざる者の――。

「〈貴様――半鬼人《ダンピール》か……！〉」

「Richtig」

何重にも特殊な呪が施された刃に貫かれて、吸血鬼《ヴァンパイヤー》の身体はぼろぼろと木炭のように崩れ始めた。そしてそのまま、全身が灰となって消えてしまう。

「Verdammt《クッソ》……」

敵の完全な消滅を見届けて、フリッツはその場に膝を折った。上着から血塗《ちまみ》れの絵本が滑り落ちて、バラバラと辺りに散らばった。

一方その頃。

月乃は宿の一室でひとり、ため息をついていた。

「まさか、加納中将がミスターKではないだなんて……」

加納宣彦中将は支援者ではない。つまり、彼はミスターKではない。出会って早々の告白に月乃が声を失っていると、加納中将は「少し、向こうで話そうじゃないか」と出てきたばかりの西洋茶室《ティールーム》に月乃を案内した。

「すまん。儂は君の本当の支援者に頼まれて、諸々《もろもろ》の手続きを代行していたに過ぎないんだ」

奥方を隣に座らせ、向かいに月乃が座る。給仕が金彩の茶器を目の前に並べる中、中将は再び深々と頭を下げた。例の電報はあくまで金の流れを把握するための布石で、ミスターKは月乃への支援そのものを止めるつもりはない、ということも付け加える。

「なぜ、支援の代理を……？」

おっかなびっくり尋ねると、中将は目を泳がせる。どこまで明かしていいのか考えあぐねているようだった。

「実は、君の支援者は異国の方でな。それゆえ細かい事務をこちらで請け負っていたのだ。いやぁ実は……たまたま彼も今、匣根《ここ》に来ておるんだが……」

「！」

「うーん何せその……非常に気むずか、あ、いや奥ゆかしい方なのでな……」

言葉を詰まらせる中将に、隣に座った奥方が助け舟を出す。

「あなた。舞踏会でなら、お会いできるんではないかしら」

「おお、そうか。天長節舞踏会！　天長節舞踏会でなら、彼に会えるぞ！　いや、それまでには説得しておこう。君も御納戸小町なら参加するだろう？」

不参加の予定だ、とは言えなかった。

中将はその提案に気乗りしたらしく、「うんうんそれがいい。舞踏会で顔を合わせる男女！　うん、いいじゃないか」と顎髭を撫でながらしきりに頷いている。加納夫人はそんな夫をちらりと見遣《みや》って、今度は直接月乃に尋ねた。

「ところで、今晩のお宿はどちらに？」

「あっ、まだ……、決めていません」

ここよりさらに山あいに、真上家の別荘がある。だがさすがに暁臣と同宿するわけにもいかず、かと言って一方だけが宿を取るとなるとお互いに譲り合ってしまって。それゆえ、まだはっきりと宿を定めていなかったのだが。

「それならあなた、一部屋融通してさしあげては？　わざわざ匣根までご足労いただいたお詫びに」

「おお、それはいいな。せっかくだから夕飯を一緒にどうかな？　儂も本物の支援者ではないとはいえ、一枚嚙んでたわけだしな。是非、薔薇学園の女学生生活について聞かせてくれたまえ」

こうして、あれよあれよと言う間に月乃は匣根の高級旅館に一泊することになってしまった。

戻ってきた暁臣に事情を話すと「陸軍中将のご提案をおいそれと反故《ほご》にはできないでしょうから」と笑っていた。

「その代わり、と言ってはなんですが。お嬢様、今夜は決して外に出ないでください。色々と良くないものが辺りをうろついているようなので」

月乃はそれを浮浪者や物盗《ものと》りのことだと思って素直に頷いた。

こうして、この宿で中将夫妻と夕食を共にして、温泉にまで浸《つ》かってしまい、自身にあてがわれた客室に引き上げたところで現在に至る。

夕食の席で、これまでの学園生活について話すと加納夫妻はとても喜んで聞いてくれた。一方、中将は始め口が重かったのだが、だんだんと酒が入るうちに箍《たが》がゆるんだらしい。食事が進み打ち解けるにつれ、ミスターKについてかなり核心に迫る内容を月乃に漏らした。

その情報を繋ぎ合わせるとこうだ。

ミスターKは異国の人物である。陸軍では以前から彼を招聘《しょうへい》しようと接触していたのだが、非常に気難しい人物で、なおかつ本人が途方もない資産家であるため金にはなびかない。そんな折、彼の方から月乃の話を持ち出してきた。ひとりの少女とその家族への支援を仲立ちしてくれるのなら、いずれは日本行きを呑んでもいいと。

こうして、彼に恩を売りたい加納中将とミスターKの思惑は一致したらしい。

これらの事実は、月乃に冷水のような衝撃を浴びせた。なぜなら、加納中将から聞いた人物像に合致する男を月乃はひとり知っている。いやむしろ、彼の他に誰がいるというのだ。

だが、その名を直接加納中将に尋ねるのは憚られた。

もしもそうだと肯定されたら。もしも違うと否定されたら。自分はその時どんな顔をすればいいのだろう。真実に踏み込む勇気が出なかった。

（まさか、もしかして、本当に彼が──）

頭では既に確信している。けれど気持ちが追いつかない。なぜ、どうして──。様々な疑問が頭を駆け巡って、何度目かのため息をついた時。コツコツ、と小石が窓を打つような音がした。

辺りはすっかり夜になっている。なんの音かと不思議に思って引き違いの窓を開けると、その瞬間、白い何かが部屋に転がり込んだ。

「フロッケ！」

なんとそれはフロッケだった。弾丸のように飛び込んできて、バタバタと和室の天井の下を飛び回る。そして月乃の前に一枚の紙きれを落とした。

「あなたがどうして匣《こ》根に……あっ、ねえ！　ちょっと落ち着いて！」

室内を一周してようやく窓辺に留まったので、彼女が落とした足元の紙を拾う。

「……これって……！」

それを見た瞬間、月乃は左足を引きずりながら部屋を飛び出した。湯上がりの浴衣に、備え付けの綿入れ一枚だけを羽織って。

フロッケがもたらした紙。月乃はそれを知っていた。かつて自分が描き、父親に贈った絵本の表紙――『さみしそうなおつきさま』。

だが革紐で束ねられていたはずのそれは裂いたように破り取られて、今しがた付いたばかりと思われる真っ赤な血に濡れていた。

どちらへ、という玄関番《ドアマン》の問いかけを無視して外に出る。フロッケに導かれて、温泉街を川沿いに上る。

痛む左足を庇い、ぎこちない足取りで走って、走って、やがて石畳の道が途切れ、手つかずの山へ分け入る少し手前のところで。

開けた草原に、一本の杉の木が立っていた。そしてその下でひとり、静かに紫煙をくゆらせるのは――フリッツ・イェーガー。

「フリッツさん！」

「月乃……⁉」

フリッツは杉の木に背中を預け、力なく地面に座り込んでいた。月乃の顔を見て少し驚いた顔をしていたが、羽ばたいたフロッケが杉の木の枝に降り立ったのを見上げて、彼女の仕業だと察したようだった。

「どうなさったんです⁉　酷いお怪我を！」

彼の周囲に、懐かしい絵本の残骸がバラバラと散らばっていた。その上に血が点々と落ちて、杉の木の下まで続いている。インバネスと上着は何かで引き裂かれており、左脇腹を押さえる彼の手の下ではシャツが真っ赤に染まっていた。

動揺する月乃をよそに、フリッツは平然と煙草を一口吸って、フーと吐き出した。

「少ししくじった」

「これが少しなわけがないでしょう！」

今こうやって会話していることが不思議なくらいの大怪我である。月乃はあわてて彼の手から煙草を取り上げた。そのまま投げ出された脚の間で膝立ちになると、彼の上着の胸ポケットから手巾《チーフ》を抜き取る。それで血を押さえようとしたのだ。

だが、フリッツの手の下にある傷は既に出血が止まっていた。恐る恐る確認すると、腹の傷はあることにはある。だがそれは、月乃の予想よりかなり小さい。上着の裂傷、周囲に流れたおびただしい血の量とは明らかに不釣り合いだった。

「放っておけばいい。ある程度の傷は勝手に塞がる」

「そんなことできるわけないでしょう！」

「俺は半鬼人《ダンピール》だ。普通の人間とは違う」

つまり、フリッツは人と吸血鬼《ヴァンパイヤー》の混血で、この驚異の再生力は彼の身体に流れる吸血鬼《ヴァンパイヤー》の血ゆえなのだと。

突然の告白に月乃は目を見開く。彼は視線を逸らし、苦々しい表情で遠くを見た。

「これまでもそうやって生きてきた。寝たら治る」

「でも！」

被せるように、月乃が声を荒らげた。

「それじゃあ、あなたの心は。傷付いたあなたの気持ちは、誰が治してくれるんですか？」

続く声は今にも泣き出しそうにかすれていた。

「あなたが傷付いた時、たったひとりでそれに耐えなきゃいけないなんて、そんなのいやです。半鬼人《ダンピール》かそうじゃないか、そんなことは関係ないんです。私はあなたを……放っては、おけません」

(他の誰でもない、あなたが大切なんです)

込められた想いが伝わることを願って、月乃は目の前の冷たい頬に触れた。すると
フリッツは顔を逸らしたまま、ぼそりと吐き捨てる。

「まったく……。親子揃って、信じられないほどのお人好しだ」

それは一見、拒絶の台詞。けれどその中に、隠しきれない憧憬がにじんでいて。

「だが」、と本音が零れ落ちる。

「なぜか、今はそれが喜ばしい」

不意に表情をゆるめて、フリッツは自分の頬を包む月乃の手を取った。そのまま指先に、そっと口付けを落とす。

「君に話さなければならないことが、たくさんある」

「はい。私も、フリッツさんに聞きたいことや伝えたいことがたくさんあります」

月乃の父のこと。彼自身のこと。聞きたいことは山ほどあった。

けれどなんとなくわかる。フリッツは父に信頼されていた。父が大切にしていた絵本を、今はこうして彼が持っている。それが何よりの証拠に思えた。

「でも、今は治療が先です」

「それなら……少し、血をくれないか」

「えっ？」

「君の血がほしい」

月乃は驚きの表情でフリッツを見る。じっとこちらを捉える灰の瞳は、凍れる炎を宿して揺らめいていた。

「ほんの少しでいい。血を通じて生命力を得れば、立ち上がることくらいはできる」

生き血を啜って力を得る。それは彼が敵とする吸血鬼《ヴァンパイヤー》の生き様。だが目の前の少女は、それすら肯定するはずだから。

少しの沈黙の後、月乃は無言で綿入れを脱いだ。山の夜風で冷えた身体から、湯上がりの石鹼《サボン》の香りが立ち上る。彼女は胸元で両手を組むと、フリッツの顔の前に自らの首筋を晒した。

「私の血で、お役に立つなら……」

好きにしてかまわないという宣言。喉首に鋭い牙を突き立てられるのを覚悟して、月乃はぎゅっと目を瞑る。するとフッとフリッツが小さく笑うのが聞こえた。「従順すぎるのも考えものだ」と。

彼の右手が白い首筋に触れた。そのまましかめるように撫で上げたかと思うと、頰に添えられる。親指が二度、唇の端をなぞった。今からここを穿つと、合図するように。

「月乃……俺のSelene《セレーネー》」

熱を孕んだささやきが、吐息になって月乃の顔にかかった。

「愛してるんだ。ずっと前から」

鼻先が睦む。唇が触れる。ほんの一瞬、かすめるだけのキス。すぐに離れて、そして二度目は角度を変えて。

フリッツの舌が唇をこじ開ける。歯列をなぞられて月乃が吐息を漏らすと、その刹那、彼は震える下唇をかぷりと食《は》んだ。そのまま半鬼人《ダンピール》の犬歯が、柔い皮膚に突き立てられる。

「っ……！」

薄い唇はぷつ、と食い破られて、すぐに口の端から血の味が広がった。甘美な痛みに身を捩《よじ》るももう遅い。頭をしっかりと固定されて、黒髪に男の指が絡まる。口蓋をぞろりと舐《ねぶ》られれば脳が粟立《あわだ》つ。息継ぎのように唇が離れれば、すぐにまた引き寄せられて。フリッツは丹念に、執拗に、唾液混じりの血を啜る。それは口付けよりも甘い蹂躙。

囚われてしまった。もう戻れない。

ぼんやりとそう思って、月乃はぽろりとひとつ、破瓜《はか》のごとき涙を零した。

互いの熱が絡まり合い、夜の闇に白い吐息が溶ける。

やがてふたつの唇は、名残惜しそうに離れた。

まだ思考が追い付かないのか、瞳を潤ませてぼうっとこちらを見つめる月乃。その口の端から流れる血を、フリッツはそっと親指で拭った。

「月乃。君がくれた想いの分だけ、君に返そう。帝都へ帰ったら、これまでのことをすべて教える。その上で君に——俺を、選んでほしい」

《僕の研究のすべては、愛する者の元に残してきた》

《貴方がお嬢様のすべてを愛するなら。——貴方の求めるものは、自ずと手に入るはずだ》

謡川芳喜。真上暁臣。彼らの告げた言葉の真実が、強烈な実感となってフリッツに降り注ぐ。

「今理解した。ようやく見つけた。君の血は、あまりにも甘美だ。月乃、俺の探していたものは——。君自身だ」

# 間章　毒を食らわば

匣根での吸血事件が原因不明の頓死として処理され、新聞の片隅にひっそりと載った翌週のこと。十月も末に近付いて、短い見頃を終えた金木犀《きんもくせい》が学園の片隅に橙色《だいだいいろ》の絨毯を作り出していた。

その日、亜矢は母から呼び出されて自宅へ戻ってきていた。寄宿先である薔薇学園と謡川家の屋敷はほど近いものの、改まって帰宅する機会はあまり多くない。

なんの用かと思えば、母は血相を変えて桐簞笥《きりだんす》の中身をひっくり返していた。この間仕立てたばかりの訪問着やドレスを質に入れると言う。

「お母様、どうして⁉　ドレスがなくなったら天長節舞踏会に出られないわ！」

十一月の天長節舞踏会は、もう九日後に迫っている。

「うるさいわね、それどころじゃないのよ！　このままじゃあんたが学園にいられなくなるどころか……屋敷を売らなきゃならなくなる！」

「はっ？　ど、どうして？」

金の算段に忙しい夫人はそれ以上答えなかった。

先日、加納中将からの一本の電報で支援の取りやめを告げられて以来、彼女の心を占めるのはこれまでの贅沢のツケをいかに払うかだった。

取り急ぎ真新しい贅沢品を返品なり処分して当座をしのぐ。その上でどうにかして加納中将に接触し、支援の再開を取り付けて――。

「ごきげんよう謡川夫人、ミス謡川亜矢」

突然、障子の桟をコンコン、と誰かが叩いた。夫人と亜矢が驚いて振り返ると、外廊下にひとりの男が立っている。

「何度呼んでも出迎えがないので、勝手に上がらせていただきました」

「みすた・いえーがー……？」

折り目正しい濃灰の背広《スーツ》。右手には銀の持ち手のステッキ。背は和室の鴨居《かもい》より高く、肩口まで伸びた白金の髪をゆるやかに束ねた異人の男。亜矢の学園でお雇い英語講師を務めるフリッツ・イェーガーその人である。

「先生がなぜ謡川《うち》に……？」

「いいえ。今日の私は君の知るフリッツ・イェーガーではない。私の名はフリードリヒ・フォン・カレンベルク。用件はつまらない商談ですよ」

「商談？」

「ええ。商談――正確には債権回収《借金取り》だがね」

亜矢のオウム返しの問いに、男の口元は薄い笑みを形作った。

南にある客間は畳敷きに洋風の家具が置かれている。案内されたフリッツが客用の木椅子に腰掛け悠々と脚を組むと、引きつった顔の夫人は亜矢と共に向かいに座った。

「さて、ここに一枚の契約書がある。謡川夫人、貴女と加納宣彦中将――その代理人が交わした金銭支援にまつわるものです」

フリッツは出された茶を優雅に一口飲んで、胸ポケットから一枚の紙を取り出した。

三つ折りに畳まれていたその紙には、細かい字で整然と要項が書き込まれていた。最下段には加納宣彦中将、その代理人、そして謡川夫人の三者の署名が為《な》されている。

「実はこの契約書を用意したのは私です。さらに言うなら、これまでの支援金の出どころも私だ」

亜矢が目を見開く。夫人は無言で膝に爪を立てていた。

「二年前、私が謡川家に金銭を援助するにあたって出した条件はふたつです。ひとつ、『謡川芳喜氏の遺品を適切に管理すること』。そしてもうひとつは『支援金は家計の健全な運営に資すること』」

ピンピン、と人差し指で紙を弾《はじ》く。そして冷たい冬空の瞳で目の前の夫人を見た。

「夫人。このどちらも、貴女は守っておられない。そして契約書にはこうも書いてある。『以上の約定に違反せし時は、速やかに支援の全額を返済する』と」

「……!?」

言葉を失った亜矢の横で、夫人はあわてふためいた様子で両手を彷徨わせた。

「そっ、そんなことはありませんわ！　主人の遺品はすべて、書斎にそのまま……」

「ほう。たしかに、価値の知れない医学関係の資料は手つかずで埃を被っているようだが——。では、謡川氏の遺品の時計は？　彼は懐中時計の収集が趣味で、いくつもコレクションしているとよく自慢していましたが」

「そんなものまで取っておけとは聞いてないわ！」

つまりもう手元にはないと。鎌かけにあっさりと背信を白状した夫人に、フリッツは淡々と二の矢を放つ。

「ではもうひとつの条件は？　『支援金は家計の健全な運営に資すること』。継子《ままこ》にボロを着せ、ご自分と実子だけが着飾るのは健全な家計のあり方だと？」

「そんなことが支援の条件だなんて知らないわよ！」

「それはおかしい。きちんと契約の際に代理人が説明したはずだ。貴女はご納得の上で署名されたのではないのですか？」

「最初から私を騙《だま》すつもりだったの⁉」

「いいえ。すべては貴女の行いが招いたことだ」

そもそもフリッツにとって、これまで謡川家に支援した金は頓着するほどの額ではない。夫人らが真っ当な生活さえしていれば、この先も支援は続けていただろう。あえて返還を求めるのは、あくまで彼女の愚かな行いへの報いである。

「卑怯者《ひきょうもの》……っ！」

「結構。私は慈善家だが、事業家でもあるのでね。金は信用するが人は信用していない。よく読みもせずに契約書にサインをしてはいけませんよ、謡川夫人」

ギリ、と奥歯を噛みしめる夫人。フリッツは子供に言い聞かせるように、微笑みすら湛えて言葉を続ける。

「さてどうなさいますか？　そちらのお嬢さんを下働きにでも出しますか？　私は女衒《ぜげん》ではないが、働き口がほしいと言うのならご紹介しましょう」

「この金の亡者！　亜矢に娼婦《しょうふ》や女中の真似をさせるわけがないでしょう！」

さすがに実の娘を貶《おとし》められて黙っていられないのか、これまでの自分の行いを棚に上げて罵倒する。さんざん口汚く罵ったところで、夫人はハッとして手を叩いた。

「そっ、そうだわ月乃！　うちにはもうひとり女手がいますのよ！　あの子を代わりに連れて行ってくだされば……！」

その言葉がフリッツにとっての禁句であることを、彼女はわかっていなかった。目の前の男の纏う空気が急激に冷えてゆくことにすら気が付かない。

もはやこの女とは議論にならないと、フリッツは大きく嘆息した。

「残念だ。貴女が実の娘にかける愛情、そのほんの一部でも彼女に分け与えていれば、こんな真似をせずに済んだ」

この話は終わりだ、そう宣告するかのようにフリッツは席を立つ。

「謡川夫人、年末まで待ちましょう。これまで貴女に援助した全額、きっちりとお返しいただく」

「そっ、そんな大金、この屋敷を売らなければ到底返せません！　せ、せめて春までお待ちいただけませんか」

「まだおわかりでないのですか？」

フリッツの声が不意に鋭さを増した。右手のステッキでドンと畳を叩くと、夫人の肩が跳ねる。

「この家の戸主は本来、直系の長女である月乃だ。既に彼女が成人した今、この屋敷は彼女のものであって、貴女はその扱いに口を出す権利すらない」

「では」。軽く頭を下げて立ち去ろうとする。

すると突然、これまで一言も発さなかった亜矢がゆらりと立ち上がった。

「あんたもあの女の味方なの……？」

胃の底で煮え立たせたかのような怒りの声。フリッツを睨みつけるその顔ににじむのは憎悪だった。

「どいつもこいつも、お義姉様のことばかり気にかけて虫唾《むしず》が走る！　あんな、自分は優しい、心の綺麗な娘だと信じ込んでるような偽善者を！」

飲み残しの茶が震えるほどの声量で亜矢は叫んだ。

「偽善者？」

「そうよ！」

振り返ったフリッツの前で、まるで幼子のように地団駄を踏む。

「あの女、お母様とお父様の再婚が決まって初めて私に会った時にこう言ったのよ。『あなたに私の宝物をあげる。仲良くしてね』って。悩みなんて何もないみたいににこにこ笑って、たくさん持っている中から一等綺麗な人形を私に差し出した！」

それの何が悪いのか、フリッツにはわからなかった。むしろ他人に与えることを惜しまない、月乃らしいとさえ思った。

「あの女は私を見下してるのよ！　お母様と鞄ひとつで謡川家へやってきた私を、可哀想だから恵んであげるって馬鹿にしたのよ！　だから決めたの。あの子の持ち物は全部奪ってやる。可哀想なのは私じゃない、あんたの方なんだって！」

完全な逆恨みだ。この娘の考えは歪んでいる。だが亜矢にとってはそれが真実なのだろう。

「それで、彼女から奪ったもので君は満たされたか？　幸せになれたのか？」

「…………」

突き放すフリッツに、亜矢は答えられなかった。両の拳を握りしめ、真っ赤な顔で口を引き結んでいる。

亜矢と月乃、ふたりは似ても似つかない。だがそのどちらも、多感な時期に親を亡くした。元々たった独りで生きていたフリッツには、それがどれほどの喪失を意味するのかがわからない。

だが——もしも謡川芳喜が生きていたら。あの優しすぎる男がここに居たなら。

亜矢も月乃のように、他者の痛みのわかる娘になれたのだろうか？

還《かえ》らない時を思って、フリッツは深く息を吐いた。

「俺とて慈悲の心はある。──そうだな。これから言う条件を吞めるのなら、金は返さなくてもいい」

「なんでもお聞きします！　なんでもいたします！」

すがりつく勢いで駆け寄ってきた夫人に、フリッツは静かに吐き捨てた。

「今すぐこの屋敷を出ていけ。そして二度と月乃に関わらないと言うのなら、追い銭くらいはくれてやろう」

あまりに冷たい声、冷えきった瞳。夫人が思わず怯えて固まると、フリッツは不意に、悲しげにまつげを伏せた。

「謡川夫人。貴女を二度未亡人にしてしまったことは、申し訳ないと思っている。ミス謡川亜矢。義理とはいえ、貴女から父親を奪ってしまったことも」

今度こそ本当に話は終わりだ。過ぎたる同情や感傷も。

フリッツは振り返ることなく屋敷を後にした。


「〈馬鹿馬鹿しい……〉」

謡川家からの帰り道。お抱え俥夫の俥に揺られるフリッツは苦々しげに舌打ちした。

これまでの人生で、事業でも怪異退治においても、泣いてすがりつく人間を冷たくあしらったことなど吐いて捨てるほどある。そこにはなんの感慨もなかった。なのになぜ今さら、妙に感傷的になるのだろうか、と。

――いや、本当はわかっている。

原因は月乃だ。彼女のお人好しが移ったのだ。

そう考えると不思議と悪い気はしない。彼女を想えば、ささくれ立った心は綻ぶ。我ながらずいぶんと単純になったものだとフリッツは自嘲した。

「ミスター・イェーガー！」

だが、そんな気持ちの高揚を見事にぶち壊す男が現れた。

学園に着いて俥を下りるなり、小太りの男が走ってきた。二重釦《ボタン》の背広《スーツ》にカイゼル髭の学園長である。

ああ、そう言えばこっちを忘れていたな、とフリッツは嘆息した。彼は謡川家の件とは別に、もうひとつの布石を打っていた。

「たった今、今しがた……何人も宣教師がやってきてね！　こここっ、この私を、解雇すると言うのだよ！」

ぶるぶると悲嘆に腹の肉を震わせる。かと思うと、急にフリッツを睨みつけ胸倉に摑みかかってきた。

「ミスター・イェーガー、貴様あの連中に何か吹き込んだな！」

なけなしの度胸を振り絞り反逆する様はまるで狩られる直前の猪《いのしし》のようで、フリッツはその哀れな姿を内心で嘲《あざけ》った。

「私は告解しただけですよ」

「コッカイ⁉」

「神に罪を自白することです」

学園長を見下ろす表情は穏やかだった。そのまま芝居がかった調子で、いけしゃあしゃあと言い放つ。

「私はある方の不正をたまたま知ってしまった。その罪の意識に耐えきれず、神の前ですべてを告白したのです。『とある学園に、支援金を横領して私服を肥やしている教育者がいる。私はそれを知りながら、見ていることしかできない……』と。幸い、私の住む外国人居留地には教会が星の数ほどあるのでね」

「き、貴様……！」

フリッツの上着を摑む手が震え出した。

「貴様、わかっていてやったのだろう⁉　その教会こそが我が学園の設立母体だと！」

薔薇学園は元々、帝都での布教を目的とした某教派により設立されたものである。

学園長の叫びに、フリッツの口の端が不遜に吊り上がった。

「さあ。祈る神の区別をしたことはないので、よくわかりません」

「貴様ぁああ！」

逆上した学園長が拳を振り上げる。しかしフリッツが手首を摑むと、まるで石にされたようにぴたりと動けなくなってしまう。

「往生際が悪い。さっさと失《う》せろ」

「な……⁉」

「おとなしく消えれば、お前の使い込んだ端金《はしたがね》はくれてやると言っているのだが？」

急に凄《すご》まれて、学園長は本能的な恐怖に竦んだ。フリッツが摑んだ手を離してやると、反動でどしんと情けない尻餅をつく。

先ほどまで胸に巣食っていたはずの感傷は綺麗に消えていて、フリッツはこの男が同情の余地のない悪人であることに感謝すらした。

「ごきげんよう。お元気で、Arschloch《クソ野郎》」

とびきり爽やかな笑顔で、しかし瞳は見た者を凍らせる絶対零度の光を宿していた。

# 第四章　華咲く乙女の見る夢は

匣根から帝都へ戻った後も、月乃とフリッツの関係は表向きには変わらなかった。月乃は生徒で、フリッツは英語講師。昼休みにはいつもの裏庭の長椅子《ベンチ》で過ごすという、小さな秘密を共有する関係。

一見何も変わらない日常。しかし月乃の心は明確に変化していた。授業で彼が聖書の一節を唱える時。黒板の字を指し示す時。月乃はあの唇が、あの指が、自分に触れたのだと意識せずにはいられない。彼の一挙手一投足から目が離せず、心はふわふわふわとして落ち着かない。

一方のフリッツは、月乃とふたりでいる時にはとても柔らかい表情をするようになった――ように見える。

だが距離感については相変わらず、紳士らしく節度を守っている。人前で教師と生徒という矩《のり》を越えるような振る舞いは決してしなかったし、むしろふたりきりの時ですら、以前のようにからかい気味に触れてくることはなくなった。

あの夜交わした口付け、彼の唇から零れた愛の言葉。それは満月が見せた幻ではないかとふと思う。けれど体内でくすぶる熱と口内を穿った傷が、たしかに真実なのだと証明している。それに何より——。

《君がくれた想いの分だけ、君に返そう》

あの時の言葉の通り。

匣根から戻って以降、フリッツから手紙が届くようになった。毎晩一夜も欠かさずに、白い封筒を携えたフロッケが寄宿舎の窓辺にやってくるのだ。

獨語で書かれたその手紙には、これまでのフリッツの過去がつぶさに明かされていた。

フリードリヒ・フォン・カレンベルクというもうひとつの名前。

自分がミスターＫであること。

月乃の父との関係。

彼を救えなかった後悔と謝罪——。

その内容は驚くべきことも多かったけれど、一方ですとんと腑に落ちた。

少なくとも、父が異国の地で孤独に亡くなったわけではなく、友と呼べる人に看取《みと》られていたことは月乃にとって救いだった。冷静で合理的なフリッツと明るくおしゃべりな父。一見正反対のふたりがどんな会話をしていたのかと想像すると、自然と笑みが浮かぶ。
父の訃報を受けてからの二年、ずっと欠けていた心の空白がフリッツからの手紙で埋められていくのを月乃は実感していた。
さらに手紙の最後にはいつも、彼の真摯な想いを打ち明ける言葉が並んでいた。
《君は俺の月の女神。俺の孤独を慰める唯一の女性》
《ただ君への愛にのみ隷属しよう。君の足元へ跪《ひざまず》き、その慈悲を乞うことが許されるのならば》
《一途《いちず》な愛を捧《ささ》ぐ》
いくら鈍い月乃でも、本気で口説かれているのだとわかる。読んでいて思わず赤面してしまうほどの、まっすぐな愛の言葉。
昼間、学園では何事もないかのように見せている彼が、その胸の内にこれほどの情熱を隠し持っているとは、にわかには信じられなかった。この手紙を読んで、彼に陥落しない女が果たしているのか。
（こんなの、反則だわ……）
何度も読み返し、その都度ひとり身悶《みもだ》えして。

毎晩一通、届けられた白封筒の封を切れば、心はせつなく満たされて、その度に宝物が増えてゆく。

そしてある日の昼下がり、寄宿舎の月乃の部屋に大きな贈り物が届いた。

それは、一着のドレス。

まるで月の光を集めたかのような、可憐な淡黄色のバッスルドレスだった。

平織絹《シルクタフタ》の生地は厚みと光沢があり、光の加減で黄金のように見える。胸元から腰にかけては繊細な金と銀の刺繍が施されており、優美に絡まる蔦模様は西欧では最先端の流行だという。その周囲には水晶《クリスタル》の縫い取りが散りばめられていて、着た者が身を動かせばきらきらと輝く。

親骨に象牙を用いた扇から揃いの靴まで、まるで誂《あつら》えたかのように月乃にぴったりだった。

《俺の想いを受け入れてくれるのなら、天長節舞踏会の夜、このドレスを着て俺の手を取ってほしい》

添えられたカードには、フリッツからのメッセージがしたためられていた。

（私が、舞踏会でフリッツさんと――）

自分には手の届かないものだからと、興味のないふりをしてあきらめていた。けれど本当は自分だって、他の娘たちと同じように憧れていたのだ。

美しいドレス、シャンデリアの明かり。そこで彼と手を取って踊る自分——。

隠された願望が露わになり、夢は形を持って目の前に広がった。

「でも……。亜矢は、来られないのよね」

亜矢が学園を辞める、そう舎監から告げられたのはおとといのことだ。本人からも義母からも何も聞かされておらず、まさに寝耳に水の出来事だった。

あわててすぐに亜矢の元を訪ねたのだが、部屋の扉越しに「あんたには関係ないわよ！」と拒絶されてしまった。

「関係ないわけないじゃない。姉妹だもの」

「あんたのそういうところが一番大嫌いよ！　この偽善者！」

好かれていないことはわかっていたけれど、大嫌いと正面から憎悪をぶつけられてそれ以上何も言えなくなってしまった。かといってそのまま放っておく気にもなれそうになかった。亜矢が天長節舞踏会を楽しみにしていたのを知っていたし、素敵なドレスを用立てたと同級生に自慢していたのも聞いていたから。

しばらくその場で固まっていると、だいぶ時間が経ってから扉が開いて亜矢が出て来た。いつも通り自信たっぷりで、不敵な笑みでこちらを見下す亜矢だった。

「あんたはせいぜいこの学園で卒業面でもしていればいいわ。私はお母様の実家に帰って、さっさとお金持ちを見つけて嫁ぐから」

――さようなら、お義姉様。

それだけ告げて、容赦なく扉が閉まる。それが義妹と交わした最後の言葉だった。

（偽善者、か……）

姉妹らしいことはほとんどしてこなかったとはいえ、情がないわけではない。

複雑な思いで部屋の隅に飾られたドレスを眺めていると、後ろからポン、と千代が肩を叩く。

「世の中にはわかり合えない人というものが存在するのよ。月乃ちゃんが心を痛めるだけ無駄だわ」

「……ええ……」

千代の慰めに小さく頷いた。

きっかけは、何かの釦の掛け違いだったのかもしれない。けれど月乃と亜矢がわかり合う機会は、きっともう失われてしまった。

（私と亜矢は家族にはなれなかった。寂しいけれど、仕方のないことなんだとわかってる。でも――。今まさに私の胸を焦がすこの想いは、彼がくれたこの愛だけは、き

ちんとこの手に摑んでいたいの）

飾り紐とレースで彩られた、繊細なドレスの胸元に触れる。その首に掛けられた四角い銀細工を、ぎゅっと握った。

それはドレスと共に贈られた装飾品のひとつだった。月乃の手のひらに収まるくらいの大きさの、銀細工の首飾り。彫金でナイチンゲールの意匠が描かれていて、首にかけるための長い鎖が付いている。

「あら、素敵な舞踏手帳ね」

「えっ？　首飾りじゃないの？」

「舞踏会で、踊る方の順番を間違えないようにお名前を書いておくためのものよ。殿方からすれば、ダンスの予約表のようなものね」

言われてよくよく見ればたしかに、底辺の部分に付いている鍵型の飾りは小さなペンになっている。それを抜き取ると、蝶番《ちょうつがい》が動いて銀の蓋が開いた。

「気が付かなかったわ……」

中には千代の言う通り、小さな紙が入っていた。ここに、ダンスを申し込んできた紳士の名前を記すのだ。

そして、その紙の下部には既にこう書かれていた。

いつもの彼と同じ字で、はっきりと「K」と。

◇◇◇

十一月三日、天長節。

この日は朝から晴天に恵まれ、風も穏やかな小春日和であった。

天長節とは天皇の誕生日を祝う祝日である。街には日の丸と屋台が並び、祭り風情で賑わいを見せる。各国の要人を招いた鹿茗館での大夜会の他に、昼は観兵式も行われる。薔薇学園からも、碧山《あおやま》練兵場で上がる昼花火の万雷が遠くに聞こえた。

舞踏会は日が落ちてから始まるが、薔薇学園の上級生たちはまだ日のあるうちから各々準備に余念がなかった。

女生徒たちが身に着けるのは腰の後ろが大きく膨らんだバッスルスタイルのドレス。どれも舶来品のため、国内で質の良いものを手に入れるのは困難だ。そのためレースのよれたお下がりを着る者も多かったが、若い娘がきらびやかに装えばそれだけで辺りは華やぐ。髪もそれぞれ趣向を凝らし、みつ編みを耳の横で丸めた「ラジオ巻き」、あるいは一本で大きな輪にした「マガレイト」など洒落た束髪に鮮やかなリボンを合わせている。

競うように咲き誇るうら若き乙女らの中にあって、ひときわ輝く名花が千代と月乃のふたりだった。

千代のドレスは赤い薔薇模様が織り込まれた重厚な柄織絹《ジャカード》。前身頃は飾り紐で編み上げられ、へちま襟から覗く胸元には大ぶりの首飾りが光る。髪はしっとりと耳を隠して小さく纏めることで、豪奢なドレスと釣り合いを取っていた。

一方、月乃が身に着ける淡黄色のドレスは千代のものと比べて色柄は簡素だ。しかしそれゆえ艶がかった生地の上質さが際立つ。高襟《ハイネック》の意匠は華奢な身体つきを上手く覆い隠し、月乃の清楚《せいそ》な美を引き出していた。

月乃の髪型はみつ編みを後頭部に巻き付け結い上げた流行の「英吉利《イギリス》結び」。唯一髪に挿されたべっ甲に赤珊瑚のかんざしは、以前匣根への旅費を賄うために質に入れたはずのものである。母の形見と知ったフリッツが、ひそかに買い戻してくれていた。

ふたりを喩《たと》えるならば大輪の薔薇と百合《ゆり》。両者の趣は異なるものの、それぞれ気品があり美しい。口に差された揃いの紅が、どちらも白い肌に映えてあでやかだった。

部屋で互いの髪を結い合ったふたりは、最後に鏡合わせのように立って全身を確認するとにっこり笑った。

「千代ちゃん！　本当に綺麗だわ。今夜鹿茗館へいらした方は、きっと皆ひと目で千代ちゃんのことを好きになってしまうと思うの」

「月乃ちゃんも、まるで月の精のようね。このドレスを用意された方は、きっと月乃ちゃんのことをよくご覧になっているんでしょうね……」

月乃がはにかむと、千代も優しく微笑んだ。

匣根から帰って以降、千代はあれこれと月乃に仔細を尋ねてこなかった。毎晩誰かと手紙のやり取りをしていることも、ドレスの贈り主についても何も聞いてこない。もしかしたらすべてに気付いているのかもしれないし、あえて黙っていてくれているのかもしれない。

（千代ちゃんには、いずれ何もかもを打ち明けたい。だって、私のたったひとりの親友だもの。あるいはこの舞踏会が終わったら――）

すべては天長節舞踏会が終わったら。

慣れないドレスに包まれた胸の内で、月乃は小さな決意を固めていた。

腹ごなしの軽食を済ませれば、いよいよ日が沈む。鹿茗館へ出立する前に、一同は講堂に集められた。

「皆さん大変に美しい。貴女方はこの学園の、いえ、この国の誇りです」

集まった女生徒たちを称賛したのは、優しげな笑顔が印象的な細身の紳士だ。先日、この学園に赴任したばかりの新しい学園長である。その横に立った舎監の須藤女史と礼法の講師が、それぞれ前に出て訓示を述べた。

「貴女方の務めは列国の貴賓をもてなすこと。決して羅紗緬《らしやめん》の真似事ではございません。華やかな気風に浮かれて、この国を代表する気高き淑女の立場であることをゆめゆめお忘れなきよう」

羅紗緬とは、異人の妾を蔑む差別用語だ。世間知らずの年若い乙女たちが異国の男に弄ばれぬよう、あえて強い言葉で釘《くぎ》を刺すのだった。

「扇を上手くお使いなさい。古くより、西欧では扇は口ほどに饒舌と申します。ご自分から殿方をお誘いするようなことはなさりませぬな。不遜の輩は素早く見極めて、不躾な視線は扇で遮ること。それでも近付いてきたなら、わざと面前で扇を落としなさい。これは古くからの『お断り』の合図です」

礼法講師の忠言を心に刻み、女生徒たちは頷く。須藤女史と講師は顔を見合わせた後、「それから」と付け加えた。

「伊藤《いとう》首相には近付かないように」

挙げられた名前に、ああ、という感じで一様に納得する。

講師の言う伊藤首相とは、現・内閣総理大臣の伊藤博重《ひろしげ》その人である。彼は非常に好色なことで知られていた。

その女癖の悪さは過去に何度も新聞に書き立てられていて、最近でも官邸で仮装舞踏会《ファンシーボール》なる催しを開いて狂乱にふけっただの、某伯爵夫人との不義の疑惑だの、散々な評判だった。

「そろそろ刻限ですね。それでは皆さん、良き夜となりますように」

学園長が腰のベルトにぶら下げた懐中時計の盤面を見る。

その一言で、ドレス姿の女生徒たちはそろりと厳粛に講堂を出た。学園の前に停められた人力車にひとり一台、順に乗り込む。

行き先は鹿茗館。いざ、天長節舞踏会。

御納戸小町たちを乗せた人力車の列は、明かりの少ない夜の街を颯爽と走り抜けた。

鹿茗館の立つ日々谷《ひびや》周辺は、かつて大名屋敷の並ぶ一帯であった。旧《ふる》き時代の名残を留める純和風の重々しい黒門をくぐれば、拓《ひら》けた視界に無数の提灯《ちょうちん》の明かりが飛び込んでくる。広大な前庭は左右対称の仏ルネサンス風、正面の丸池の水面をアーク灯が煌々と照らしていた。

池をぐるりと迂回《うかい》し、枝を交わし合う松の梢《こずえ》の奥に佇むのが今夜の舞台、白亜の鹿茗館である。

女生徒たちの俥は、混雑を避けて丸池の周囲に停められた。各々転ばぬように膨らんだ裾を持ち上げて、慎重に蹴込から下りる。

「お嬢様！」

月乃が踊り靴で庭園の土を踏んだ時、俥の幌の向こうからよく知る声が聞こえた。燕尾服《えんびふく》の裾をなびかせて、手を上げこちらへやってくるのは暁臣である。いつも通り、彼の鼻は月乃を遠方から正確に見つけ出していた。

「ごきげんよう、暁臣さん。いらしてたのね」

「ええ、刻限近くなってからでは混みますのでつい先ほど――」

近付いてきた暁臣は俥の梶棒を跨ごうとする月乃に手を差し出して――その姿を正面に捉えたところで、ハッとした顔で固まった。

月乃が小首を傾げると、耳まで真っ赤になってうつむいてしまう。

「どうかなさったの？」

「いえ。その……とてもお美しいので……」

提灯の黄みがかった明かりに照らされた月乃は幻想的な美を纏っていた。白磁の肌は艶めき、淡黄色のドレスが仄《ほの》かな光沢を放つ。

一方の暁臣も燕尾服に白い襟締《ボウタイ》という紳士の正装である。「暁臣さんもとてもお似合いよ」と笑いかけると、ゴホンと大きな咳払いが返ってきた。

「足の具合はいかがですか」

「おかげさまで、もうほとんど大丈夫よ。今日はおじ様もいらしているの？」

「はい。是非会ってもらえませんか。久しぶりにお嬢様の顔を見たら喜ぶと思います」

そう言って改めて手を差し出したので、月乃はその上に自分の手を重ねた。

世古濱の居留地に住む異人たちが汽車に乗って心橋に到着するのは午後九時頃の予定だ。フリッツもそれに合わせてやってくるだろう。舞踏会が本格的に始まるまでには、しばし猶予があった。

鹿茗館の建物は、英国の建築家の手に成る擬洋風建築である。二階建ての建物の中央には赤い丸屋根を頂き、入り口の車寄せの上部は広い露台《バルコニー》となっている。大きな窓からは室内の瓦斯灯の明かりがあふれ、ベランダの半円アーチの列柱を闇にくっきりと浮かび上がらせる。軒にも多くの洋灯《ランプ》が吊り下げられており、今が夜であることを忘れてしまうほどの明るさだった。

「これが鹿茗館……」

その絢爛たる佇まいに圧倒され、一瞬立ち止まった月乃。暁臣は優しくその手を引き、入り口の白い段差へ導く。両開きの内扉が開いた瞬間、月乃はまばゆい光と音の洪水に呑み込まれた。

まず視界に入ったのは一面の菊の花。正面に二階へ上る広い階段があり、その両側に大輪の菊の花が飾られていた。壁際には薄紅の菊の垣が立てられ、手すりの手前には黄色、さらにその前には白の菊が帯のように連なって、階段沿いに花壇を造っている。敷き詰められた濃紅の絨毯、柱、壁紙、室内灯までが西洋の華麗さに倣う中、凛と咲く三色の菊の垣がこの国の美を体現していた。

まだ舞踏会の開始前にもかかわらず、館内は人々のざわめきで賑やかだ。二階からは弦楽四重奏の優雅な調べが聴こえてくる。

「舞踏会場となる大広間は二階です。一階には玉突場などがあって……こちらが食堂です」

そこかしこに立ち止まり談笑する人の波を縫って、暁臣は一階の右手にある食堂へ月乃を案内した。そこは長卓子《ながテーブル》に銀の大皿が並べられ、奥の厨房を行き来する給仕たちが今まさに立食の準備を整えている最中だった。

既に飾られている塔のような細工菓子をしげしげと眺めていると、暁臣が「後でアイスクリームも運ばれてくるようですよ」と耳打ちする。

ならばその時には絶対にまた来なければ、と月乃は目を輝かせた。

「おお、そこな美しいご令嬢はまさか月乃嬢かね？」

「おじ様！」

大仰な台詞と共に近付いて来たのは真上家の当主、暁臣の父だった。

彼と最後に顔を合わせたのは父の葬儀の時だが、言葉を交わしたのは一体いつ以来か。久しぶりの対面に心が弾む。ドレス姿を褒められて、真上家の事業の順調ぶりなどを聞かされて。その後は懐かしい昔話に花が咲いた。

そろそろお暇《いとま》を、というところで今度は偶然入室してきた加納夫妻に遭遇する。初めての舞踏会に緊張していた月乃にとって、見知った人々との再会は思いがけずうれしい出来事であった。

「間もなく、特別列車に乗った列国賓客の方々がご到着なさいます」

中央ホールの方から、舞踏会の始まりを告げる声がする。本格的に夜会の幕が開けようとしていた。

「暁臣、せっかくだから月乃嬢と一曲踊ってきたらどうだ？」

　暁臣の父の言葉に、月乃は心の中で同意した。右も左もわからぬ舞踏会だ。一曲目に気心の知れた相手と踊れるなら心強いと思ったのだ。だがその提案を、暁臣はやんわりとした笑顔で辞退した。

「いいえ。俺は……やめておきます」

——手を離せなくなってしまいそうなので。

最後のつぶやきは、誰にも聞こえることなく周囲の喧騒に溶けた。


　他の客に交じって菊の階段を上ると、二階の正面に舞踏場の扉が開かれていた。

三つの部屋を開け放って繋いだ大広間には、大きなシャンデリアが吊るされている。木床は鏡のように磨かれて、天井の光を反射してつやつやと輝いていた。

月乃はなんだか気後れして、他の女生徒たちと共にひとところに固まっていた。千代は既に大勢の紳士——の装いをした好色漢に囲まれて、張り付いた笑顔で応対している。

「内閣総理大臣、伊藤博重ご夫妻」

読み上げ人のよく通る声が響き、一組の夫婦が入場する。紫紺のドレスに身を包んだ細身の夫人と、人好きのする笑みを浮かべた顎髭の立派な男だ。

なるほどあの人が噂の伊藤首相かと、月乃はその要注意人物の顔を胸に刻む。

「仏共和国ベルナール海軍中将閣下および海軍士官ご一行」

「大英国公使――」

「清国公使――」

次々と読み上げられる諸国要人の名前。そのうちに一曲目が始まって、辺りで和やかな会話が始まる。月乃も見知らぬ軍服の異人に話しかけられた。ダンスの申し込みである。

月乃は気もそぞろに誘いを承諾し、差し出された手を取った。

ちらりと千代を見遣ると、彼女もひとりの男と舞踏の始まりの挨拶を交わし、他の取り巻きたちは下がってゆくので安堵する。

曲目は華やかな方舞《クワドリル》。月乃が舞踏の輪に加わるその間にも続々と招待客らが名を呼ばれ、入場してくる。

月乃の相手は仏国人であった。ダンス中、しきりに美しいだとか素晴らしいだとか称賛しているようだったが、月乃は仏語は得手ではない。ただ曖昧な笑顔で「メルシィ」とだけ応じた。

そしてちょうど曲の終わり。

「獨帝国伯爵カレンベルク卿《きょう》」

待ち焦がれていた人の名が、朗々と告げられる。

その瞬間、会場中がにわかに静まりかえった。

たまたま曲の切れ目が重なった。だがその瞬間、たしかに会場中の視線が入り口の男に釘付けになった。

カレンベルク卿。彼は西欧を股にかける事業家であり、同時に滅多に社交の場に姿を見せない謎多き人物として知られていた。

その男が今、鹿茗館の舞踏場に立っている。シャンデリアの明かりを受けて輝く白金の髪はしっかりとひとつに束ねられていて、濃紺の燕尾服からは黒蝶貝《くろちょうがい》の飾り釦と懐中時計の金の鎖がきらりと覗く。

人並み外れた容貌、紳士然とした佇まい、すべてが圧倒的な存在感を放っていた。

「彼があの、カレンベルク伯爵……」

「我が国にいらしていたというのは本当だったのか！」

「あの方、みすた・いえーがーではなくって？」

一瞬の沈黙は破られて、すぐにざわめきに変わった。どうにか彼と親交を得たい紳士たちが我先にと近付いて、みるみる間に人の輪ができる。

この国の男たちに囲まれても頭ひとつ背が高いフリッツ。人だかりを張り付けたまま堂々と広間を進む歩みはまるで別世界の人のようである。月乃はその他大勢の婦人たちと、遠くからその姿を追うことしかできなかった。

近付くことすら叶わない――。

落胆しかけたところで、不意に複数の黒い頭越しにこちらを見る彼と目が合った。

大広間の端と端で、月乃とフリッツの視線がぶつかる。その瞬間、彼の冬空の瞳が柔和な笑みを湛えたのがわかった。

途端に月乃の心は跳ねた。しかし離れた場所からどう返すべきかわからず、手を振って報《しら》せるのも淑女らしくないような気がして。

代わりにただぎゅっと、胸にかけられた銀細工を握った。カレンベルク卿のイニシアル、「K」のサインが入った舞踏手帳を。

するとフリッツは器用に片目を瞑って応えてみせた。わかっているよ、君に気付いているよ、と合図するように。

「お嬢さん、次のお相手《パートナー》はお決まりですか？」

ふと、声がかかる。振り返ると、流ちょうな日本語で話しかけてきたのは縦にも横にも重量のある大柄な異人の紳士だった。その後ろに、見知らぬ異国の男たちが連なっている。すべては月乃の舞踏手帳に自身の名を刻むための順番待ちの列だった。

そうしてあれよあれよと言う間に舞踏手帳の空白は埋められて、月乃はそのまま一時間近く、様々な紳士と踊り続ける羽目になった。その間、フリッツは部屋の隅で談笑していたり、時折紹介された夫人の手を取って踊りの輪に加わったりしている。

（フリッツさんが社交の場に出たがらない理由がわかった気がするわ）

ここでは彼は一介の英語講師ではない。人知れず怪異を滅ぼす悪魔殺し《デモントーター》でもない。誰も彼を放っておかない。誰もが彼に心ときめかずにはいられない。

（『さみしそうなおつきさま』……。まさに彼のような人を指す言葉だったのかもしれないわ）

フリードリヒ・フォン・カレンベルクという男は、多くの星に囲まれながら、決してその一部にはなれない孤独な月だった。

けれどその彼が、今日という日に鹿茗館の扉を開けた。それは他の誰でもなく、ただ月乃ひとりと踊るためだと――そう自惚れてもいいのだろうか。

くるりくるりと大広間の舞踏の海をたゆたう間、月乃は何度も何度も人の波に彼の姿を探した。時折遠くから目が合うと、そのたびフリッツは片目を瞑って合図を送る。

「君を見ている、ひとときたりとも忘れはしない」。そう語りかけてくる彼のしぐさは、今この会場でふたりだけが知る秘密の暗号だった。

彼のメッセージを目で受け取るたび、月乃は高揚して、心はそわそわと落ち着かなかった。代わる代わる目の前に現れるダンスの相手は皆それぞれのお国の言葉で月乃を褒《ほ》め称《たた》えたけれど、どれも彼女の心を捕らえることは叶わず、むなしく宙に消えるだけだった。

ワルツ、ガヴォット、マズルカ。

延々と踊って、踊り疲れて。落ち着いたミニュエットにさしかかったところでようやく、一曲分の空白ができた。

踊り詰めから解放された月乃はふらふらと部屋の隅に置かれている椅子に座る。

薔薇学園の女生徒は皆優秀に踊り手の役割を果たしていたが、その中でも月乃と千代の忙しさは群を抜いていた。特に千代などほとんど口も開かず微笑んでいるだけなのに、予約が後から引きも切らない。今も恰幅の良い異人の紳士と踊っている。

フリッツは少し前、複数の人物と連れ立って舞踏場を出て行った。別室で煙草を嗜《たしな》むのか、はたまた撞球《ビリヤード》に誘われたのか。

舞踏会の夜は長い。月乃と彼が踊る最後のダンスは、日を跨ぐ頃のこととなりそうだった。

しばらく踊る人の輪をぼうっと眺めていた月乃は、ある瞬間、急に背筋がぞわぞわと粟立つのを感じた。虫の知らせというやつか。なんだろうと背筋を張り直して辺りを見渡す。すると少し遠くから、不躾にこちらを見るある男と視線が絡んだ。

（い、伊藤首相だわ！）

視線の主はあの歩く不祥事《スキャンダル》製造機、伊藤博重総理大臣その人だった。

全身を値踏みするようにジトッと睨《ね》めつけられて、月乃の背中にまた鳥肌が立った。あわてて顔を逸らし、扇を広げて視線を遮る。

（気のせい、気のせいよね……）

全身が嫌な汗をかき始める。動悸までし始めた。何事もなく今が過ぎ去ることを期待して、扇の合間からそっと床を見た。するとあろうことか、伊藤首相のぴかぴかのエナメル靴がこちらに近付いてくるではないか。

（どうしよう、どうしよう！）

思い過ごしかもしれない。たまたまこちら側にいる別の人に用があるのかもしれない。そう考えて今度は扇から視線を持ち上げて見ると、まっすぐこちらへ歩いてくる伊藤首相はどう見ても月乃本人にゆるみきった笑みを投げかけていた。

距離が近付く。あと数歩で話しかけられてしまう。

次の瞬間、月乃はがばりと椅子から立ち上がった。そしてぱしんと扇を畳むと、目の前で堂々と床に落とした。伊藤首相の目を見て、あからさまに。

（こ、これこそ先生が言ってらした「お断り」の合図……！）

月乃は礼法の講師の助言を完璧に実行した。だが。

「おお、可愛らしい扇を落としましたかな？　どれどれ、その恰好では不便でしょう。儂が拾ってさしあげよう」

諸外国および国内のそうそうたる顔ぶれと、日夜侃々諤々《かんかんがくがく》の議論を繰り広げているこの男の前では、淑女の暗黙のルールなどまったく無意味だった。伊藤首相は月乃の足元の扇をひょいと拾って、下心満々の好色な笑みでこちらへ差し出す。

「……ありがとうございます……」

受け取ろうと手を伸ばすと、そのまま扇ごと両手でぐっと手を握り込まれてしまった。首相は仄かに赤ら顔をしていて、どうも酒に酔っているらしい。

「うんうん、固まってしまって初々しいのう。どちらのお嬢さんかな？」

「は、はい。謡川月乃と申します。薔薇学園から参りました……」

「ほぉう！　なれば未婚のご令嬢だな。列国の婦人に負けず可憐じゃないか。最近のおなごは皆自己主張が強くていかん。やはり大和撫子《やまとなでしこ》たるもの、お嬢さんのように楚々と慎ましいのが好ましい」

「ありがとう、ございます……？」

つつつ、と手の甲を撫でられて、全身が総毛立つ。周囲を支配していた音楽が遠ざかり、間もなくミニュエットが終わろうとしていた。

「どうかね。儂と一曲踊らんか？　こう見えてポルカはなかなか得意でな」

「えっ、あの、その」

この次のポルカは、既に予約が入っている。相手は英国公使一行のひとりだった。月乃が首相と親しげにしているのを見たら、声をかけてこないかもしれない。

「ほれ参ろうか。遠慮などせんでいいぞ」

なんとか断ろうにも上手く言葉が出てこない。その間にも首相の手が腰に回されて、ぐいぐいと密着される。近付く身体から煙草のむせ返るようなにおいがした。彼――フリッツの身から漂うその香りは好ましいとすら思うのに、今は嫌悪感しか湧かない。

いよいよ涙目になったところで、ぺちん、と音がして、急に腰に触れていた手が離れた。

「ごきげんよう、伊藤閣下」

「千代ちゃん！」

振り返ると、すぐ後ろに立っていたのはちょうど踊りを終えたばかりの千代だった。右手にはべっ甲の扇が握られており、どうやらそれで首相の手の甲を叩いたらしい。

「彼女は今夜が初めての夜会ですの。お戯れもほどほどになさって」

「ん？　君は……」

叩かれた手を押さえた首相は、突然現れた薔薇のごとき淑女に痛みすら忘れたらしかった。千代はにこりと妖艶に微笑むと、その場で美しいお辞儀《カーテシー》を披露する。

「蓮舎子爵家の千代でございます。まあひどい。わたくし、春の舞踏会にも父と参加しておりましてよ。今晩も閣下にお目にかかるのを楽しみにしておりましたのに……」

「おお、おお、そうだった。いやすまん。君のような美しいご令嬢を、儂が忘れるはずがない。どうだ、あちらの露台《バルコニー》でゆるりと夜の庭でも見学せんかね？」

首相はあっという間に鞍替《くらが》えして、今度は千代の腰に手を回す。月乃が「でも千代ちゃん……」と引き留めようとすると、千代は広げた扇の合間からちらりと露台《バルコニー》とは反対の部屋の端へ視線を遣った。

あちらへ行け、と促しているのだ。

（千代ちゃんは、あしらいが下手な私を首相から庇ってくれたんだわ……！）

あっという間に、千代は首相と連れ立って露台《バルコニー》の硝子戸の向こうへ消えてしまった。そうこうしているうちに、少し離れたところから様子を伺っていた次の相手が近付いてくる。

始まったポルカは調子が速い。ちらちらと外を気にする余裕もなく、月乃は賑やかな音楽の波に引き込まれた。

ポルカを踊る間、月乃はただあわただしいダンスの動きについていくのに精いっぱいだった。しかし次の曲が始まって冷静に考える余裕が出ると、次第に猛烈な後悔が襲ってくる。

（千代ちゃん、大丈夫かしら……）

千代はいつだって美しく、大人びていて、なんでもそつなくこなす。学園で虐げられていた月乃を助けてくれたことだって一度や二度ではないが、その時も相手の恨みを買うことなく上手く立ち回っていた。

そう、彼女は処世術に長《た》けている。伊藤首相のことだって、適当にあしらってすぐに戻ってくるかもしれない。けれど——。

あの男に手を握られた時、月乃は何もできなかった。言葉が上手く出てこなくて、頭が真っ白になった。腰に手を回された時は嫌悪でいっぱいだったくせに、振り払うことすらできなくて。

月乃はあの時恐怖したのだ。彼の権力、彼の醜聞——何より彼が男であるということに。

それがどうして、千代なら平気だと言えるのだろう？

彼女だって月乃と同じ、十七の少女に過ぎないのに。

（やっぱりだめ。面倒事を千代ちゃんひとりに押し付けて、知らんぷりをしていいはずがないわ。だって私たち……友達だもの）

気付けば月乃はダンスのステップを止めて、相手の手を離していた。

「I'm sorry, but I'm not feeling well and I need some fresh air.《体調が優れないので外の空気を吸ってきます》」

ごめんなさい、と頭を下げて、月乃は舞踏の輪から飛び出した。そのままドレスの裾を摘んで足早に露台《バルコニー》へ向かう。

具体的にどうするか、など何も考えていなかった。ただふたりを見つけたら、なんとしても千代を連れ戻そうとだけ決意して。

大広間の硝子戸から直接出られる露台《バルコニー》は、ちょうど正面玄関の屋根の部分に当たる。数時間ぶりに感じた外の空気はひんやりと冷たくて、火照った頬に心地よかった。

煌々と照らす室内の明かりを背に、多くの男女が提灯を点した前庭と星空の景色を楽しんでいる。

「千代ちゃん！」

シャンデリアの明るさに慣れきった目が、まだ暗闇に馴染《なじ》まない。それでも月乃は必死に友人の名を呼んだ。

けれど、いない。間違いなく伊藤首相とふたりで外へ出たはずの千代の姿は、どこにもなかった。

露台《バルコニー》から繋がるベランダを端から端まで走り抜けて、それでもふたりは見つからない。だんだんと伊藤首相が春の舞踏会で某華族夫人に狼藉《ろうぜき》を働いたという新聞記事の詳細を思い出してきて、月乃の身体から血の気が引いた。

「千代ちゃん！」

もう一度叫んだが、当然返事はない。

あわてて大広間に戻って確認する。やはりふたりの姿はない。舞踏会場を離れて廊下へ出た。一縷《いちる》の望みをかけて便所へ行く。もしも波風立てずに男から逃れようとするなら、そこしか思い付かなかった。けれどやはり、千代はいない。

「千代ちゃん！」

何度呼んでも返事はない。二階にあるいくつかの集会室を訪ねる。そこにはトランプやハバナ葉巻に興じる男たちしかおらず、千代が訪れそうな場所ではなかった。

ならば伊藤首相は。彼ならほとんどの人が顔を知っているし、行方を知る者もいるのではないか。

「伊藤しゅ――――きゃあ！」

廊下で伊藤首相の名を呼び掛けようとしたところで、急に横の扉が開いて月乃は部屋の中に引き込まれた。

「誰っ、やめ……！」

「Sei still.《静かにしろ》」

そこは薄暗い物置部屋。片手を掴まれた月乃がとっさに抵抗しようとすると、聞き覚えのある声が降ってきた。

「口を塞いでほしいのか？」

「フリッツさん……！」

扉の隙間から漏れる明かりだけで、顔はよくわからない。けれど声の調子から、きっと呆れた表情をしているのだろう。それは間違いなくフリッツだった。

閉じ込められた狭い空間にいつもの彼の煙草と香水が香る。すると途端に安堵やら不安やら色んな気持ちがあふれ出してきて、月乃はわっ！と目の前の身体に抱きついた。当のフリッツは困ったように舌打ちしたが、彼女の肩の震えが伝わると、そっとその背を抱きしめ返す。

「フリッツさん、千代ちゃんが、伊藤首相と、どこにもいなくて」

「ああ」

燕尾服の胸の中で説明にならない言葉を繰り返す月乃に、フリッツはまるですべてを把握しているかのように相づちを打った。

「フリッツさんはどうしてこんなところに……？」

「しつこい連中がいたから捲《ま》いた。それに別件の仕事もある」

「それって……」

もしや、悪魔殺し《デモントーター》としての。

背に回された彼の手にはいつの間にか、いつもの銀の持ち手のステッキが握られていた。月乃が不安げに見上げると、フリッツはその上向いた顎に手を添えて顔を覗き込む。

「月乃。ミス蓮舎千代のことは俺が引き受けた。君は舞踏場に戻るか談話室で休むかしていなさい」

「だめです！　私も捜します。千代ちゃんは私を庇ってくれたんです。私のせいで伊藤首相と……！」

「これは警告だ。だいたい、君はあんなに大声で彼女の名前を触れ回って、さらに伊藤首相の名まで出そうとするとは。彼女の名誉にいらぬ傷を付けるつもりか？」

「あ……」

伊藤首相が好色なことは周知の事実だ。千代が彼と一緒に消えたなどと知られれば、それだけで女性としての一生を左右する不名誉な噂になりかねない。

「すみません、そこまで頭が回っていませんでした……」

気が動転していたとはいえ、自分の浅はかさが身にしみる。顎を持たれて顔を逸らせないので、代わりに月乃はぐっと口を引き結んだ。

「わかったならおとなしく――」

「でも、千代ちゃんは私の友達なんです。友達を助けずに、ひとりで待っていることなんてできません」

暗い室内で、潤んだ瞳が意志を宿して輝いていた。すると顎に添えられていたフリッツの親指が、慈しむように目の下を撫でて、そっと外される。

「俺は警告したからな。――君にも、彼女にも」

月乃から一歩離れて、フリッツはハァ、とため息をついた。整った前髪をくしゃりと掻き上げて乱すと、すぐにブツブツと何か算段し始める。

その姿を見て、彼はカレンベルク卿であると同時にいつものフリッツなのだと、なんとも言えないうれしさが月乃の胸に込み上げてきた。だが、今は浮かれている場合ではない。

「二階の空き部屋はここだけだ。他の部屋は明かりが点き、入れ代わり立ち代わり誰かしらが入ってくる」

「お手水も確認しました。だとすると、一階でしょうか……？」

「一階もほとんどの部屋がサロンとして開放されている。正面の庭は露台《バルコニー》から丸見えな上に明かりが多い。となると――」

「「裏庭」」

ふたりの声が合致した。

顔を見合わせたふたりは頷き合って、すぐさま物置部屋から廊下へ出た。つき当たりにある使用人用の階段へ向かい、一階へ下りる。するとちょうど階段前の厨房から大きな銀皿を手にした給仕が出てきて危うくぶつかりそうになった。その銀皿の上には色とりどりのアイスクリームが盛られていたのだが、千代の安否で頭がいっぱいの月乃が気付くことはなかった。

厨房の出入り口を通り過ぎ、勝手口から外へ出る。

数段の石段を下りたところで、月乃は違和感を覚え立ち止まった。

「何も、ない……？」

言葉通り、裏庭には何もなかった。

二階の窓から漏れる明かりが何かに遮られ、呑み込まれたように暗い。その空間には風も音もなく、空には星すら見えない。ただ無明の闇が広がっていた。

「フリッツさん、ここは一体――」

「月乃」

何かがおかしい。

そう問いかけようとした月乃をステッキで制して、フリッツは一歩前へ進み出た。

「月乃、覚えていてほしい。俺は悪魔殺し《デモントーター》――怪異を殺す者だと」

大きな背に庇われて、その表情は月乃からは見えなかった。

フリッツは燕尾服の内側、胴衣《ウエストコート》の背中から何かを抜き取った。

それは薄刃の刺突短剣《ブッシュダガー》。丁字の柄を拳に握り込むと、そのまま切っ先を真っ暗な宙に突き立てる。

ばりぃいいいいいん！

途端に空気にひびが入り、一帯を覆っていた硝子のような闇が粉々に砕けて割れた。星空が戻る。二階の明かりが地面に落ちる。木々がざわめき、風の音が聞こえる。

そしてその向こうに。

「千代、ちゃん……？」

真紅の薔薇のドレスを纏う千代が立っていた。

十一月の夜風が千代の柄織絹《ジャカード》のドレスの裾を揺らした。そのすぐ後ろに、伊藤首相が無言で立ち尽くしている。ちょうど松の木の影が顔にかかり、彼の表情は見えない。

千代はべっ甲の扇を開き、優雅な動きで口元を隠した。

「男女の逢い引きを覗き見だなんて、ずいぶんと無粋な真似をなさるのね」

「それは失敬。そんな脂ぎった中年が好みとは知らなかった」

顔を合わせるなり、軽口を叩き始めた千代とフリッツ。一見気の置けないふたりのやり取りが、なんだか妙に白々しい。しかしその違和感の正体が月乃にはわからなかった。

「千代ちゃん、帰ろう？　ごめんね、私がしっかりしていなかったせいで――」

「近付くな」

歩み寄ろうとした月乃をフリッツが強い口調で制した。どうして、と彼の方を見るが、フリッツは千代から警戒の視線を外さない。

「まだわからないのか？　学園の周囲で起きた吸血事件。一年で五人の血と生気を奪った怪異の正体は――蓮舎千代。彼女だ」

「⁉」

驚愕の表情で千代を見た。しかし彼女はわずかに柳眉を歪めただけで、何も答えはしない。それは無言の肯定を意味していた。

「千代ちゃんは……吸血鬼《ヴァンパイヤー》なの……？」

「いや、彼女は西洋の吸血鬼《ヴァンパイヤー》ではない。彼女はこの国の古来種――あやかしの類いだ」

「あやかしと言うほどおおげさなものじゃなくってよ。病や怪我をすれば死ぬし、寿命だって人とさほど変わらない。蓮舎家は代々、年頃の女だけが特殊な力を持つ。そういう、呪われた家系なの」

千代がぱちんと扇を閉じる。すると彼女の後ろに立っていた伊藤首相がゆらりと数歩、前へ進み出た。

青白い月明かりに照らされた顔は虚ろで、およそ意思らしきものが感じられない。

「――『飛縁魔《ひのえんま》』。昔から、人はあたしたちのことをそう呼ぶ」

飛縁魔。

そう呼ばれるあやかしが登場する怪談を、月乃は聞いたことがある。

妖艶な美女の姿をした怪異で、その美貌で男を誑《たぶら》かす。飛縁魔に魅了された者は血や生気を吸い取られ、最終的に取り殺されてしまうのだと。

「ま、まさか伊藤首相はもう……？」

「まだだ。魅了の術のようなものをかけられているが、生気は吸われていない」

月乃の前に境界の杭を打つように、フリッツは手にしたステッキを黒土の地面に突き立てた。

「ミス蓮舎千代。俺は警告したはずだ。怪異の存在をおおっぴらにしたくない帝国陸軍、それに君の実家である蓮舎子爵家。これまでは上手く情報を操作していたようだが、力で抑えるにも限度がある。ましてやそいつはこの国の首相。それほどの人物が害されたとなれば、さすがに庇いきれないだろう」

「こんな俗物！」

フリッツに被せるように千代が声を荒らげた。

「痛い目を見ればいいのよ。権力と地位を笠《かさ》に着て、女を都合の良い人形ぐらいにしか思っていない婦人の敵！　どうせ喰《く》らうなら、良心の痛まない相手を選ぶ。ただそれだけよ！」

「君の犯行動機は、そんな自由主義者のような青臭い大義名分が理由なのか？」

冷静な指摘に、捲《まく》し立《た》てた千代が押し黙る。少しの空白の後、「違うわ……」と小さくつぶやいた。

「な、なら！　千代ちゃん、こんなことはもうやめて。こんなこと、もうしなくていいから……！」

月乃が身を乗り出しかけ、フリッツに制される。

しかし千代はおもむろに首を横に振った。

「月乃ちゃん。これはね、飛縁魔の本能なの。蓮舎の女は、年頃になれば恋をする。飛縁魔の恋は身を焦がす炎。恋をしたら求めずにはいられない。相手のすべて、髪の一本から血の一滴までも」

静かに語るその姿は、月乃ですらハッとするような蠱惑の美を湛えていた。思わずごくりと喉を鳴らすと、千代の赤い唇は自嘲的な笑みを形作る。

「……でも、あたしにはそれが手に入らない。手に入らないなら、代わりを得なければおかしくなってしまう。一度点った炎は抑えることなんてできない。いつも胸に燻《くすぶ》って、時折わけもなく燃え上がる。恋ってそういうものなの」

――今なら貴女にだってわかるでしょう？

そう問われて、月乃は言葉を返せなかった。

千代は叶わぬ恋をしている。恋する相手が手に入らないなら、持て余す情動を、血を、生気を。飛縁魔の本能を満たす何かを、他から得なければならない。

つまり一連の事件は恋の熱情がもたらした、逃れられない病ゆえのものだったのだ。

彼女の美しい顔が、時折憂いの影を帯びるのを月乃は知っていた。けれどそれほど激しく、苦しい恋をしているとまでは思わなかった。

同室なのに。親友なのに。なぜ気付いてあげられなかったのだろう。後悔が胃の奥からせり上がってくる。

「普通はね、代わりなんていらないの。だって飛縁魔には魅了の術がある。異性を振り向かせることなんて、わけないんだもの。恋した相手が子爵家の婿に相応しいかという、対外的な問題はあるけれど……」

「千代ちゃんは魅力的な女の子だわ。きちんと相手に想いを伝えたら、きっと伝わるはずよ」

それは掛け値ない月乃の本音だった。

千代は美しい。見た目だけでなく、凛とした心根だって。

だが月乃のその言葉は、容易く千代の心を引き裂いた。

「月乃ちゃん。いつだってまっすぐで、残酷なほど無邪気な子。月乃ちゃん。あたしは、あたしはね……」

「——ずっと貴女が好きだった」

ぶわり。

千代の周囲で土埃が舞った。彼女の足元、細い明かりが落ちた地面から、一体の影が生まれる。

「もういい。この話は終わりよ。もう疲れた。女であること、子爵家の娘でいること。不便よ。不自由よ。あたしの身体は、これっぽっちもあたしのものじゃない」

影が伸びる。地に根を張って闇夜に生える。それは以前、月乃を襲ったあの影と同じもの。

「冷静になれ。月乃の前でやり合うつもりか？」

「馴《な》れ馴《な》れしく名前で呼ぶんじゃないわよ余所者《よそもの》が！　あんたが来たから、あんたのせいで……！」

――アォォオオオオン！

睨み合う千代とフリッツ。一触即発の状況に、突如大気を震わせる獣の声が響いた。

「!?」

どこからともなく一匹の獣が現れて、音もなく月乃たちの前に降り立った。それは銀の体毛を持つ巨大な狼。

狼は目にも止まらぬ早さで千代と影のわずかな隙間に割り込むと、その横に立つ伊藤首相の燕尾の裾をくわえ込んだ。すぐさま彼の身体を強引に引き倒して、背に乗せては夜空へ跳ぶ。

逃すまいと影が伸びて捕らえようとしたが、月を背にした狼の後ろ脚には一歩届かなかった。狼は月乃のやや後方に着地して、建物の壁際に首相を下ろす。

「――また借りが増えたな、騎士殿《ヘル・リッター》」

フリッツが振り返らずに礼を述べた。狼はグルルと喉を鳴らして、意識のない首相を守るようにその場に留まる。銀の尾は警戒にゆらりゆらりと揺れていた。

(私、この狼を知っている気がする。ずっと前から)

これほど大きな獣を前にして、月乃には不思議と恐怖が湧かなかった。引きしまった体軀。夜闇に輝く銀の毛並み。口元から覗く鋭い牙は獰猛《どうもう》な肉食獣のものだが、瞳には知性の輝きがある。その輝きには、奇妙な懐かしさすら感じる。

「あんたも邪魔をするのね！」

千代はぎりりと歯噛みした。獲物を逃した影が、悔しさに身を震わせてビタンと地面に叩きつけられた。

「ずるい。ずるい。ずるい。あんたたちはずるい。男は女を守るもの。男は女を愛するもの。そうやって当たり前の顔をして、月乃ちゃんに近付いて！」

千代の叫びに呼応するように、周囲の草木が一斉に鳴った。

「きらい。きらいよ。あんたたちなんか、あたしなんか、みんなみんな——大ッ嫌いよ!!」

次の瞬間。

千代の周囲の闇が一斉に貌《かたち》を得て立ち上がった。闇が産声《うぶごえ》を上げた。千代を中心に黒い何かが幾本もの帯のように分かたれて、ゆらゆらと鎌首を持ち上げる。その禍々《まがまが》しい姿は太古の大妖怪、多頭の大蛇ヤマタノオロチを思わせた。

「千代ちゃん！」

駆け寄ろうとする月乃をフリッツが強引に止めた。

闇がぞわりと地を這うと、フリッツは月乃の腰を抱いて瞬時に飛び退く。同時に右手に持っていた刺突短剣《プッシュダガー》を地面に向かって投げつけた。

さらに背後から取り出して一本、二本。投擲《とうてき》で地に突き立てる。

直線上に刺さった小さな刃。その三点を起点に簡易の結界が構築されると、襲い来る闇は光の壁に阻まれ弾かれた。

ばしん、ばちん。

闇が壁を叩き、光が軋めく。即席の障壁は長くはもたないと思われた。

月乃を下ろしたフリッツは、彼女を背に庇いつつすぐに体勢を立て直す。ステッキを正面に構えて、銀の持ち手を握る。

「月乃、君はこの先を見なくていい。俺は彼女を殺す。もはや日和見は不可能だ」

「どうして……！」

「どうして？ 見ろ、既に彼女は本能に呑まれた。話の通じる状態じゃない」

闇はとぐろを巻き、巨大な渦を形成していた。その中心であろう千代の姿は今はもう見えない。

「言っただろう、俺は悪魔殺し《デモントーター》だ。人の世の禍根となる怪異は殺す。それが俺の生業《なりわい》だ」

「だ、だめ！ そんなのだめです！」

「友人を庇いたい気持ちはわかるが——」

「違う……！」

月乃はフリッツの前に回り込み、胴衣《ウエストコート》を摑んだ。あきらめろとなだめられて、しかし毅然《きぜん》と首を横に振る。

「千代ちゃんはもちろん助けたい！　でもそれと同じくらい、あなたに誰かを殺してほしくないんです！」

強い意思の込められた言葉に、フリッツの瞳が見開かれた。

アォォオオオオン！

突然、後方の狼が何かを察知して警告の遠吠《とおぼ》えを響かせた。ほぼ同時に勝手口の扉が中から開いて、バタバタと何者かが裏庭になだれ込んでくる。

「なんだなんだ！　何が起こった⁉」

ただならぬ物音を聞きつけた数人の警官だった。

この状況で騒ぎが大きくなるのはまずい。フリッツが舌打ちするや、狼が警官たちの視界を遮る形で彼らの面前に躍り出た。未だ意識のない伊藤首相の首根っこをくわえて、見せつけるように立ち塞がる。

「お、おい、でかい犬が伊藤首相をくわえてるぞ！」

「化け物か⁉」

警官たちが驚くのも束の間、狼はなんの予備動作もなく高く跳躍した。

軽々と二階の屋根の上へ上り、そのまま建物の東側へ伊藤首相を連れ去ってしまう。

「おっ、追いかけろ！　東へ回れ！」

警官たちの意識は完全にそちらへ引き付けられていた。全員勝手口へ引き返し、狼
――もとい、伊藤首相を追いかけてゆく。来た時と同じようにバタンと勢いよく勝手口の扉が閉まって、綻びかけた結界の均衡が辛くも保たれた。

狼は自ら囮《おとり》になって時を稼いでくれたのだ。月乃は心の中で礼を言って、すぐにフリッツを見返した。

「フリッツさん、お願いです。私を千代ちゃんのところへ連れていってほしいの」

闇は結界を叩き壊そうと背後で暴れている。もはや障壁が壊されるのも時間の問題だった。

「何か勝算があって言っているのか？」

「それはわかりません……。でも、本当の気持ちを打ち明けてくれた千代ちゃんに、私は答える義務があると思うから……」

「向こうは『みんな大嫌い』だと言っていたが」

「それが本心なら、こんなに苦しそうなはずないわ」

光の壁が軋む音が、月乃には悲鳴に聞こえた。出口を求めて暴れ回る闇が、助けを求めているように見えた。

「大嫌い」。月乃がそう言われたのは最近二度目だ。もうひとりは亜矢。あれが彼女の本心だったのか、今でも月乃にはわからない。

(亜矢に拒絶されたあの時、千代ちゃんは言っていたわ。『世の中にはわかり合えない人がいる』って)

義理の姉妹ですらわかり合えなかった。ならば他人同士、人と怪異はなおのこと。

千代は他人、千代は怪異だ。切り捨てることは簡単かもしれない。それでも月乃はここで引き下がるわけにはいかなかった。

「私……あきらめたくないんです。人と怪異、生き方が違ってもわかり合えるって信じたいんです。だって──」

ステッキを持つフリッツの右手に、自分の手を重ねる。

「千代ちゃんは私の友達で、そして私は……あなたを好きになってしまったから」

飛縁魔の千代。半鬼人《ダンピール》のフリッツ。そして銀の狼も、みんなみんな。

どれも大切だ。どれも失いたくない。それが月乃の本心だった。

まっすぐフリッツを見つめると、彼はしばし固まって――観念したように顔を逸らして息を吐く。

「……一度だけだ。君の説得が無駄だと判断したら、俺は即座に彼女を殺す」

「はい」

絶対に殺させない。

強い決意を胸に、月乃は頷いた。

間もなくその時が来ようとしていた。フリッツは静かにステッキから細剣を抜く。鞘《さや》を投げ捨てて、左腕で月乃を抱いた。

そして次の瞬間、光の壁が割れた。途端に押し込められていた闇が怒濤《どとう》のように押し寄せる。しかしフリッツは避けなかった。月乃を抱いたまま、まっすぐ闇に飛び込んでゆく。迫りくる漆黒の腕をなぎ払い、渦の中心に銀の刃を突き立てる。わずかに穿たれた真っ黒な穴を無理矢理こじ開けると、中に千代が佇んでいるのが見えた。

「千代ちゃん！」

月乃はフリッツの腕を離れて、迷うことなく穴の裂け目に飛び込んだ。周りで闇の壁がごうごうと渦巻いて、ふたりが立つ中心部だけが嵐の目の中のように凪《な》いでいた。

「貴女がほしい。貴女がほしい。今すぐ差し出して。貴女のすべてを」

「千代ちゃん……」

千代の瞳は鬼灯《ほおずき》のように真っ赤に燃えて、吊り上がった目つきでこちらを睨みつける様はおよそ人のものではなかった。けれど月乃はひるむことなく一歩近付く。

「ごめんね千代ちゃん。あなたの苦しさを、私はわかってあげられない……」

千代は答えない。月乃はもう一歩、側へ近付く。

「私、千代ちゃんが好きよ。でもきっと、この『好き』は千代ちゃんの『好き』とは違う。……そうよね？」

「寄越せ、寄越せ、寄越せ。血の一滴、髪の一本、命のきらめきまでもひとつ残らず」

月乃は頷いた。

「血がほしいなら血をあげる。右手がほしいなら右手をあげる。でも千代ちゃん。私、知ってるわ。あなたは自分の欲のために人の命を奪うような子じゃない。私、あなたを信じてるから――」

千代は一年で五件の吸血事件を起こした。しかし、被害者の中に死者はひとりもいない。それは決して偶然ではなく、千代の理性と良心ゆえだと月乃は信じていた。

「寄越せ、今すぐ寄越せ！」

　千代が今にも飛びかからんと両手を突き出す。月乃はもう一歩近付き、無言でその手に自分の右手を預ける。千代はたちどころに差し出された腕を摑んだ。

　そして。

　かぷ、と上品に、千代が月乃の小指を嚙んだ。先ほどまでの剣幕が嘘のような、控えめすぎる喰らいつき方だった。——それは千代の最後の理性。

「っ……！」

　それでも月乃の皮膚は食い破られて、鮮血があふれ出す。白い喉が動いて、千代が血を飲み込んだのがわかった。月乃は耐えた。歯を食いしばった。一言も漏らさずに、ただその姿を見守った。

　千代は一心不乱に小指にかじり付く。すると次第に月乃の四肢は冷えて、身体の内側まで凍りそうになってくる。ああ、生気を吸われているのだなと、ぼんやりと思った。

　そしてとうとう月乃の意識が途切れかけたその時、フリッツが風穴に飛び込んできた。同時に、血走った目で血を啜る千代の目から、ぽろりと一筋、涙が零れる。

「あ……」

　ぽろぽろと続けざまに涙が流れて、そして——周囲を隔てる闇の渦が、音を立てて崩壊した。

「月乃ちゃん……？　月乃ちゃん、あたし……！」

千代の瞳が黒曜石の輝きを取り戻し、摑んでいた右手を離した。支えを失ってくずおれる月乃の身体を、素早く割り込んだフリッツが受け止める。

「どうして……？」

ただの暗い裏庭に戻ったその場所で、千代は呆然《ぼうぜん》と立ち竦んでいた。

なぜ月乃は危険を冒して飛び込んできたのか。

なぜ自分は、自らを差し出したのか。

なぜ自分は、理性を取り戻しているのか。

「あたし、たしかに一度人間らしさを捨てた。どうなってもかまわないって、そう思って……」

胸元から取り出した真っ白な手巾《チーフ》を血塗れの手に巻き付けながら。フリッツは抱きかかえた月乃の頰に貼り付いた髪を、そっと除《よ》けた。

「月乃の血は——あらゆる怪異の野性を鎮め、理性を取り戻させる力がある」

かつて月乃の父、謡川芳喜が生涯をかけた研究。

その成果は、月乃の身体の中に息づいていたのだ。

「月乃ちゃんはそれを知ってて……⁉」

「いや。彼女は何も知らない。ただ純粋に、君を救いたかっただけだ。君のためなら腕の一本くらい惜しくないと思ったんだろう。まったく──」

呆れたように嘆息し、再び頰を撫でる。

「本当に、とんでもないお人好しだ」

言葉とは裏腹に、その声も、手つきも、すべてが愛おしさに満ちていて。

千代はその姿を見て理解した。

月乃はこの男を信じた。この男もまた、月乃を信じて千代の元へ送り込んだ。フリッツは月乃を信じるからこそ、襲い来る闇の中で彼女の手を離し、危険に飛び込むことを厭《いと》わなかった。

それは月乃とフリッツ、ふたりの間に育まれたたしかな絆《きずな》が生んだ奇跡だった。

「わかっただろう？　君はたしかに月乃に愛されている。それは君の求める形とは、いささか異なるかもしれないが」

「あたし……嫌われていないの？　月乃ちゃんはこんなあたしでも、好きって言ってくれるの……？」

気高き子爵家の令嬢は、裏庭の真ん中でしゃがみ込むと幼子のようにわぁわぁと声をあげて泣き出した。

淀んだ闇の澱《おり》を洗い流すように風が吹いて、彼方から狼の遠吠えが聞こえた。

「ん……」

誰かが優しく額を撫でる。その感触に、月乃は目を覚ました。

「フリッツさん……？」

まぶしい白金。月乃はそれをフリッツの髪だと思ったのだが、実際は吊り洋灯《ランプ》の光が反射した天井の模様の一部だった。

そしてそのすぐ横から、月乃の顔を覗き込んでくる人物がいる。

「すみません。ご希望の相手ではないようで」

月乃に触れていた手を引っ込めたのは、困ったように微笑む暁臣だった。

「暁臣さん……！　ご、ごめんなさい」

あわてて上体を起こすと、枕代わりの羽根座布団《クッション》が背中からぽろんと床に落ちた。

どうやら片肘椅子《カウチソファ》に寝かされていたらしい。部屋の内装からして、鹿茗館の一室であることは明らかだった。

一体どうしてここに。自分は何をしていたのか。

零れた記憶を拾い集めようとしたところで、大事なことを思い出す。

「千代ちゃん……！　千代ちゃんは⁉」

とっさに立ち上がろうとしたのを、両肩を押さえつけられ無理矢理座らされる。

「蓮舎家のご令嬢でしたら、少しご気分を悪くされたとかでご実家の馬車が迎えに来ていましたよ。今夜は寄宿舎ではなくご実家へ帰るそうで、その旨お嬢様に言付けてほしいと頼まれまして」

「千代ちゃん、怪我はしていなかったのね？　無事、だったのね……？」

「ええ」

暁臣が頷くと、月乃はぱぁ、と顔を綻ばせた。「良かった」と無邪気に笑うと、それまで微笑を浮かべていた暁臣の表情がすっと真剣みを帯びる。

「月乃」

冷たく低い声。突然名前で呼ばれて、びく、と月乃の肩が強張った。

「月乃。貴女はもう少し、自分の身を顧みるべきだ。貴女のお父上は、何よりも貴女が健やかに、末長く生きることを望んでおられた。お父上が貴女に託したもの……貴女自身の命をもっと大切にしてください」

月乃の父の研究は、元々は怪異に好かれやすい「誘引者《アトラクター》」の素質を持つ月乃と――

さらに言えば同じ体質であった彼女の母のためにと始められたものである。彼女らが何にも怯えることなく、悲しむことのないように。それが月乃の父の願いだった。

いつの間にか包帯の巻かれている右手を胸元に当てて、月乃は暁臣の言葉を噛みしめる。

「ごめんなさい、暁臣さん。心配かけてしまって……」

フリッツと千代を信じていたとはいえ、無謀な行動と言われても仕方がない。月乃がおずおずと頭を下げると、結局暁臣は精いっぱいの怒りの表情を維持しきれず、フ、と口元をゆるめた。

「他人のために躊躇しない貴女だからこそ、誰もが惹かれずにはいられないのでしょうけどね」

穏やかに細められたその目の輝きを、月乃はつい先ほども見た気がする。

「そう言えば、狼さんは大丈夫だったのかしら……。警官に追われて、捕まったりしてないといいのだけど」

「そんなヘマはしませんよ」

「えっ？」

暁臣は盛大に咳払いした。

「伊藤首相を襲った野犬はどこかへ消えてしまったようです。首相は一張羅を犬に噛まれて引きずり回されて、全身ボロボロになってしまったんだとか。あまりの外聞の悪さに、主催の外相夫妻に何の挨拶もせずに退散したそうですよ」

「まあ」

いけないとは思いつつ、月乃はこらえきれずに笑ってしまった。これに懲りて、彼の女癖も少しは治まるといいのだが。

ひとしきり笑ったところで、暁臣は仕切り直すようにパンパンと両手を打った。

「さあ、夜会は終わりました。もうほとんどの方は帰途に就きましたよ。お嬢様も学園にお帰りになる時間です」

「えっ……！」

暁臣が差し出した懐中時計を覗き込むと、既に午前零時を回っていた。月乃が意識を失っている間にいくらか時が過ぎていたらしい。

舞踏会は既に終わってしまった。しかし月乃は大事な約束をひとつ、まだ果たしていない。

「私……。行かなきゃいけないわ」

《俺の想いを受け入れてくれるのなら、天長節舞踏会の夜、このドレスを着て俺の手を取ってほしい》

それはフリッツとの約束。

とっくに答えは決まっていた。自分は彼の手を取って、最後の一曲を踊るのだと。

「行くって……どちらへ？」

「彼のところへ！」

月乃は窓辺へ駆け寄って、両開きの硝子戸を押し開ける。目の上に手庇《てびさし》を作り闇夜に目を凝らせば――。

いた。夜空を旋回する、白いフクロウが。

「フロッケ！　ここよ！　今行くわ！」

大きく手を振り呼び掛けると、フロッケはギェ、と了解の鳴き声をひと声上げて前庭の方へと飛んでゆく。月乃はそれを追いかけるべくドレスの裾を摘んで駆け出して。

ふと、部屋の扉の前で何かを思い出したようにぴたりと立ち止まった。

「暁臣さん」

把手《ノブ》に手を掛けた月乃が振り返る。舞踏場のシャンデリアの輝きすら霞《かす》むほどの、美しく晴れやかな笑みで。

「ありがとう。大好きよ！」

「好……!?」

男女が正面切って想いを伝え合うなどあまり考えられない時代である。月乃の素直すぎる言葉に、暁臣は固まってしまった。

「ごきげんよう。おやすみなさい」

小さなお辞儀をして月乃は部屋を出てゆく。羽根のような歩みに合わせて揺れるドレスの裾が、しゃらりと軽やかな音を立てた。その場には真っ赤になった暁臣だけが残される。

「……本当にずるい人だ。貴女は」

狼は月に焦がれる。きっとこれからも。


鹿茗館の正面玄関を出ると、既に庭の明かりは半分ほどが落とされ、辺りは来た時よりも暗かった。わずかに残った招待客を待つ馬丁や俥夫が、前庭の池の周りでぷかぷかと紫煙を浮かべている。

「お嬢さん、参りましょうか」

突然、流しの俥夫独特の客引きの言葉をかけられて月乃が振り向く。

するとそこに立っていたのは、他の屈強な俥夫よりさらにひと回り大柄な男。フリッツのお抱え俥夫である。

「松吉さん！」

「行くんでしょう、旦那のところに」

なぜ彼が月乃の行き先を把握していたのかはわからなかったが、ただ正直に「ええ」と頷く。

「お願いします」

「合点承知！」

こうして月乃は松吉の導きで、数時間前にくぐった黒門を出た。ひとり乗りの小さな俥が、真夜中の帝都を駆ける。

「お嬢さん。異人との恋は、楽ばかりじゃない。理不尽とか、無理解とか……。きっと色んなものが付いて回る」

小さな提灯を梶棒に掲げて走る彼の声は、軽快な走りに似てどことなく弾んでいた。

「それでも俺ァ信じてますよ。あんたたちふたりは、必ず上手くいくって」

御門を越えて濠《ほり》を抜け、心橋方面へと向かう途中。通りの並びにまだ建造されたばかりの小さな洋館がある。月乃を乗せた人力車はその少し手前に停められた。そこは要人を留め置くための宿泊施設である。

「不律の旦那はここで陸軍のお偉いさんと話し合いをしている」と教えられて、もしかしたら千代に関することかもしれないと、月乃はなんとはなしに思った。

ギェギェ、いつの間にか先回りしていたフロッケが、こちらを振り返りつつ裏手へ飛んでゆく。月乃は導かれるまま建物の横へ回り込んで、裏の西洋式の庭園に入り込んだ。

「……月乃？」

足を踏み入れてすぐ、拓けた芝の上にフリッツが立っていた。彼は立ち上る煙草の煙の先にある、細い月を見ていた。濃紺色の燕尾服は少しくたびれて、それでもなお彫像のごとき美貌にはなんの遜色もない。

どうやってここに、と言いかけたフリッツは、すぐに打ち消すように首を振る。どうやら犯人に思い当たったらしい。

呆れた様子でハァ、と嘆息して煙草を踏み消した。

「俺は松吉に、君を学園へ送って行くように言ったはずなんだがな」

前髪を掻き上げてつぶやくと、ギェ、と遠くにひとつフクロウの鳴き声が聞こえた。

月乃はドレスの衣擦《きぬず》れの音も微《かす》かに、フリッツへ歩み寄る。

「いいえ、フリッツさん。私は私の意思でここへ来ました。……あなたに会うために」

「手の怪我は？」

「大丈夫です」

「少しとは言え、君はあやかしに生気を吸われた。本調子ではない」

「それでも、来たんです。あなたの手を取るために」

まっすぐな瞳、まっすぐな想い。

迷いない言葉を投げかけられて、フリッツはしばし瞑目《めいもく》する。ややあって長い息を吐いた。

「わかったよ。……ありがとう、月乃」

この男から素直な礼の言葉が出たのを初めて聞いたかもしれない。少し面食らった月乃の前で、彼は襟締《ボウタイ》を正し、すっと背筋を伸ばす。

その瞬間、彼がただのフリッツ・イェーガーではなく、麗しき伯爵カレンベルク卿に変じたのがわかった。

「天から舞い降りた月の女神。今宵一番美しい女性《ひと》。どうか私に、一曲のご相伴の栄誉を」

少しだけ上体を傾げて、優雅に片手を差し出す。灰の瞳にけぶる白金のまつげは、目の前の最愛の女性の応諾を待って静かに伏せられた。

「……はい。喜んで」

月乃ははにかんで頷くと、差し出された手に包帯の巻かれた右手を乗せた。瞬く間に引き寄せられて、背中に手が回される。月乃が空いた手を相手の肩に預ければ、そこに舞踏会は幕を開けた。

ふたりの間に音楽は不要だった。言葉もいらなかった。曲目は円舞曲《ワルツ》。そっと一歩目を踏み出せば、庭園はただふたりのためだけの舞踏場となる。

くるり、ふわり、柔らかに揺れる月乃のドレスの輝きが丸い軌跡を描く。片手を離して華麗にターンした次の拍には、すぐにまた腕の中に収められて。

互いが互いだけを見ていた。世界からあらゆる音が消えた。そよぐ風すらも憚って息を潜める。在るのはただ、繋いだ手を通して伝わるたしかな熱。

どのくらいそうしていただろうか。永遠のようにも思える刹那の時間。

そのうちどちらともなくステップは止まり、月明かりの下にふたりは佇んだ。背を支える手に力が込められて、繋いだ手と手が絡められる。踊り靴の高い踵はさらに少しだけ背伸びして——。

やがて静かに、ふたつの影は重なった。

輝く星々と月だけが、それを見ていた。

◇◇◇

わぁああ、と人々の歓声が聞こえた。波が海べりに白い稜線《りょうせん》を描いた。

大型客船の甲板《デッキ》に立つ月乃は、欄干から身を乗り出して波止場で手を振る友人たちに別れの挨拶をしていた。

天候は快晴、絶好の船出日和である。白いウミネコがしきりに鳴き、青空に翼を広げて飛び違っている。

「お嬢様、お元気で」

「月乃ちゃん、幸せに」

暁臣と千代が、遥か下方から船上に呼び掛ける。月乃は白い手巾《ハンカチ》をめいっぱい振ってそれに応えた。

不意に海から潮風が吹いて、月乃のバッスルドレスの裾を持ち上げた。同時に被っていた羽根帽子が頭から浮いて、あっ、と声をあげそうになる。すると後方から長い腕が伸びて、飛ばされかけた帽子をひょいと捕まえた。

（フリッツさん……）

三つ揃いの背広《スーツ》に身を包んだフリッツが、月乃の頭に帽子を被せ直して笑いかける。彼の左手には四角い革鞄が握られていた。

「間もなく出港だ。故郷を離れるのは淋しくないか？」

淋しくないと言えば嘘になる。見知らぬ土地へ旅立つ不安もある。

（でも、あなたがいるなら……）

月乃がそっと身体を寄せると、互いの手の甲同士が触れ合った。

「向こうへ着いたらまず、君をナイチンゲールの棲む森へ案内しよう」

そうだ。彼の故郷へ着いたら、たくさんの詩や物語に登場するナイチンゲールの声をこの耳で聞くのだ。そう考えたら、心は急に浮足立ってくる。

きっとこの旅は、素晴らしい発見と出会いの旅になるだろう。

明日への希望は波間にきらきらと陽の光を投げかけていた。

「あーあーもう。父親の前でそんなに見せつけないでもらえるかなあ」

不意に、聞き馴染みのある声がした。懐かしい響きに引き寄せられるように月乃は振り返る。

ウミネコが鳴いた。波がさざめいた。潮風が月乃の細い髪を揺らして運んだその先。にこにこと人好きのする笑みで立っているのは、父の芳喜だった。

「おっ……お父様!?」

思わず声が裏返る。するとその瞬間、周囲の景色が砂のようにさらさらと流れて消えた。いつの間にか客船も、青空も、出港前の賑やかさも消えてなくなって、ただ真っ白な空間に月乃と父親だけが立っている。

格子縞《こうしじま》の背広《スーツ》、後ろに撫で付けた髪からは愛用のすみれの練油のにおい、洋行前に伸ばし始めたもののあまり似合っていない口髭。そして、目尻に刻まれた笑い皺《じわ》。すべてが大好きだった、記憶の中にある父そのままだった。

「夢はでっかく海の向こう、かあ。月乃らしいね」

父はいつものようにウンウンと陽気に頷いて、かと思うや急に「でもな~」と神妙な表情で腕を組む。

「だけどさ、洋行ってそんなに簡単じゃないよ？　ちょいと匣根に行くのとはわけが違うよ？　鑑真《がんじん》なんて隣の国からやってくるのに五回も失敗したんだよ？」

「で、でも！」

生まれたての雛鳥《ひなどり》みたいに頼りなく、柔らかで、だけどたしかに胸に育ちつつある未来への展望。現実味のない話だと水を差されたみたいで、月乃はついつい声が大きくなってしまった。

「それでも、私は彼と一緒にいたい。彼がこの先の人生で目にするものを、私も隣で見ていたいの」

今は幼い雛《ひな》にすぎなくても、この夢はいつか必ず翼を得て、大きく羽ばたくはずだから。

はっきりと想いを口にする月乃の姿に、父は目尻の皺を深くした。いつだって月乃を肯定し、優しく包んでくれた父の顔だった。

「そうか。月乃がそう決めたのなら、僕は応援しなくちゃいけないね。だって夢はいつだって、今を生きる人のためのものだから」

その言葉は慈しみに満ちていて、どこか悲しみのにおいがした。

月乃は今を生きる人、だけど自分は違う――そう線引きされた気がした。

（そうだ。お父様はもういない）

突然、突き刺されたみたいに月乃はその事実を思い出した。月乃を愛し、月乃の夢を愛した父は、もうこの世のどこにもいないのだと。

「……お父様……」

ぽろり、ひと粒涙が零れた。

ぽろりぽろり、いくつもいくつも涙が零れた。

「お父様ぁっ！」

いつしか涙は熱い滂沱《ぼうだ》となって、月乃はついに目の前の父親の胸に飛び付いた。上着の襟を掴み、懐かしいにおいと体温に顔を押し付ける。

「お父様だって、まだ夢半ばだったじゃない！　ご自分の研究でたくさんの人を救うんだって、そうおっしゃってたじゃない！　なのに、なのにどうして……！」

――どうして死んでしまったの。

父が遠い異国で散ったと知らされたのは、命日から何日も過ぎた後のこと。紙切れ一枚の訃報にはなんの重みも手触りもなく、月乃はなぜ、と誰かを問いただすことも、亡骸《なきがら》にすがることもできなかった。

あの日誰にも言えなかった弱音が、理不尽な死への怒りが、ぼろぼろと堰《せき》を切ってあふれ出す。

しがみついてすすり泣く娘の嗚咽を、父はしばらくじっとその身で受け止めていた。

「僕の夢はもう叶っているよ」

震える肩に降ってきた父の声。

月乃がはっとして顔を上げると、穏やかな目がこちらを見ていた。

「僕の夢は、君だよ、月乃。君が優しい心を忘れず、いつも笑顔でいられることが僕の望みだ」

父の手が月乃のてっぺんに乗り、心地よい重みと共に頭を撫でた。

「だから君が出会うべき人と出会い、愛し愛された今、僕の夢はもう叶っているし——。きっと、これからも叶え続けられるだろうから」

——だから、いつも笑っていてね。

「——月乃ちゃん」

沈んだ意識を引き上げる誰かの呼びかけ。まだ目覚めたくなくて、月乃はいやいやと駄々をこねるみたいにかぶりを振った。

「月乃ちゃん、そろそろ午後の授業が始まってしまうわよ」

「お父様⁉」

肩を揺すられて、月乃はがばりと跳ね起きた。

そこは寄宿舎の月乃の部屋だった。起こしてくれたのは千代で、月乃は机に突っ伏したまま寝てしまっていたらしい。窓辺からは冬の低い陽射《ひざ》しが差し込んで、月乃の頭上にあたたかな陽だまりを作り出していた。

「どうしたの、何か悲しい夢でも見ていたの？」

「え……」

千代がじっと顔を覗き込んでくる。まだぼんやりとしている目をこすり、頬に触れてみると涙の跡があった。

「いいえ。悲しい夢じゃないわ」

たくさん泣いた。でも、悲しい夢ではなかった。ずっと心の奥底にあった重い何かが、洗い流されたみたいにさっぱりしていた。

「これから先、いいことがたくさん起こる……そんな予感がする夢よ」

「だったら吉夢ね」

ふふ、と上品に口元を隠して微笑む千代は、相変わらず美しかった。

彼女は二週間ほど学園を休んだ後、これまで通り最上級生として復帰していた。

「それにしても珍しいわね、月乃ちゃんがうたた寝だなんて」

「昨日、新しいお話を思いついて夢中で書き留めていたら、寝るのが遅くなってしまって……」

机の上を見ると、開きっぱなしの筆記帖《ノートブック》があった。どうやらこれを枕にしてしまっていたらしい。

「あまり遅くまで起きていると、健康に良くなくってよ」

「そういう千代ちゃんも、最近遅くまで勉強をがんばっているじゃない」

「ええそうよ。だってあたし、決めたんだもの」

月乃の指摘に千代は得意げにフフンと胸を張る。

「たくさん勉強して、卒業面を極めて、ゆくゆくはこの学園の教師になろうと思うの。どんな男にも負けない自立した淑女になる、それが今のあたしの夢よ。そうしてこの学園の女学生たちも、いずれそうなるようにビシビシと鍛えるの」

千代の声は明るく、生き生きとした表情は理想に燃えていた。

「それじゃあ、お裁縫の課題もがんばらないといけないわね」

「お裁縫ができなくても職業婦人にはなれるわ！」

千代は頬を膨らませたが、そのうちこらえきれず、ふたりは声を上げて笑い合った。

千代は元から裁縫以外は成績優秀だったし、それに何より面倒見がいい。彼女は教師に向いていると月乃は思う。

ただ手に入らない自由を嘆くのではなく、自らそれを手に入れるべく努力する。新たな目標を得て前に進もうとする友人を、月乃は心から誇りに思った。

「月乃ちゃんは、何か夢があるの？」

「私の夢……」

「お嫁さんかしら？」とからかわれて、真っ赤になって首を振る。

「物語をね、作っているの。いずれ挿絵を付けて絵本にできたらいいなって」

「へぇ、彼に差し上げるつもりなの？」

うん、と頷くと、千代は何だか物言いたげな顔でジーッとこちらを見てくる。

「で、でも、完成したら一番最初に見てもらうのは千代ちゃんよ」

「そうね、それがいいわ。だってあたしは月乃ちゃんの一番の『ファン』だもの」

千代が今一度堂々と胸を張ったので、月乃もうれしくなって微笑んだ。

(世界にたったひとつの絵本を作る、それが今の私の夢。けれどいつかは——)

いつか、遠い未来に。

彼の故郷の森に棲むナイチンゲールの声を、この耳で聞いてみたいと思うのだ。

「さぁさ、張り切ってお勉強よ。月乃ちゃんも、次の時間は大好きな英語でしょう？」

「ええ」

学園を騒がせていた怪異事件が解決して、フリッツは仮初めの英語講師から本来の悪魔殺し《デモントーター》に舞い戻った。今は帝国陸軍の対怪異特別顧問として迎えられているらしい。

それとは別に片手間でいくつも事業を動かしているとかで、なんだか忙しそうだ。

あの裏庭の長椅子《ベンチ》に並んで座ることはもうできなくなってしまったけれど、彼と月乃には特別な絆が結ばれていた。

《君が学園を卒業したら、その時は――》

そう言われてとびきり大きな宝石の付いた指輪を贈られたのは、まだ千代にも秘密だ。指輪は大切に鎖に通して、今も着物の内側で身に着けている。

だから大丈夫。

会える時間は減ってしまったけれど、彼を想って過ごすひとりの時間も案外悪くないものだ。

(だからお父様、私のことなら心配しないで。私は今、とっても元気で幸せよ)

そっと心の中で祈りを捧げる。とびきりの笑顔で顔を上げると、風もないのに筆記《ノートブ》帖《ツク》の一頁《ページ》がふわりとそよいだ。

「行きましょう、千代ちゃん」

月乃と千代は御納戸袴を可憐に揺らして、学舎へと駆けてゆく。

季節は間もなく十二月。降誕祭《クリスマス》の季節だ。

まだ世間では一般的ではないけれど、薔薇学園では毎年、盛大な祝宴が開かれる。

（降誕祭《クリスマス》までにはがんばって、絵本を一冊完成させよう。それが、私からフリッツさんへの贈り物だわ）

会えない時間もこんなにも胸が躍る。それこそが、月乃が手に入れた特別な贈り物。

そんな月乃の元へ少し早いサンタクロースがやってくるのは、ほんの数分後の話だ。

「今日は皆さんに、新しい講師の先生を紹介します。彼は今後不定期に、学園で英語の特別授業を受け持ってくださいます。お名前は――」

# あとがき

はじめまして、灰ノ木朱風《はいのきしゅふう》と申します。このたびは『月華の恋　乙女《おとめ》は孤高の月に愛される』をお手に取ってくださりありがとうございます。本著は小説投稿サイトカクヨムにて連載していたものを改題、改稿したものです。

このお話を書こうと思った最初のきっかけは「大正時代モノ書いてみたいな〜！」という無知ゆえの軽〜いノリでした。ところが調べていくうちに、どうもわたしが「大正ロマン」とおおざっぱに捉えていた和洋入り交じる時代のイメージは、明治時代前期あたりのものらしいということがわかってきました（あまりに歴史オンチ）。

開国まもない日本の、華やかできらきらしていて、でもどこか雑然とした——そんな時代の空気を表現したくて生まれたのがこの『月華の恋』です。

せっかくだから、あやかしも西洋のものが登場したら楽しいのでは？

ヒーローが外国人だったらかっこいいかも！

そうやってどんどんわたしの好きなものを鍋に投入して煮込んでいった結果、ぐつぐつといい御出汁《おだし》が出たと思います。料理は足し算&足し算&足し算だ！

執筆当時、世間では「ステイホーム」が呼びかけられていました。取材や見学に行けない。図書館も休館。さまざまな不自由や制約がある中で、読者の皆様が月乃《つきの》たちと一緒に小旅行している気分になれたらいいな、という願いを込めて書きました。実在しているようで本物とはちょっと違う、「吟座《ぎんざ》」や「匣根《はこね》」、「鹿茗館《ろくめいかん》」の雰囲気が少しでも伝わっていたらうれしいです。

書籍化に際しては、たくさんの方々にお力添えをいただきました。この場を借りて御礼《おれい》申し上げます。

担当編集様には、作品をよりドラマティックで魅力的にするためのアドバイスをたくさん頂戴しました。特に、カクヨム版では終始控えめで物わかりのいい男だった暁《あき》臣《おみ》に「もっとぐいぐい行け！（意訳）」という熱い激励をいただいたおかげで、彼の男っぷりが上がったんじゃないかと思います。

久賀《くが》フーナ先生には、月乃とフリッツを美しく幻想的に描いていただきました。実はわたし、以前から久賀先生の大大大ファンでして……。先生がご担当くださると聞いてからしばらくニヤニヤが止まらず、にやけ顔をごまかすために家の中でもマスクをしていたらかえって家族から不審がられました。ちなみに今もニヤニヤしています。

もちろん、このあとがきを読んでくださっているあなたにも最大級のありがとうを捧《ささ》げさせてください！　らぶあんどはぐ！

月乃とフリッツのこれから。まだ名前もないたくさんのキャラクターたちの過去と未来。それらの物語を、いつかお目にかける機会があることを願いつつ。

その時までどうぞ皆様、お元気で。ごきげんよう！

灰ノ木朱風

## 参考文献

『聖書』聖書協会共同訳 旧約聖書続編付き 引照・注付き 中型 SIO43DC
日本聖書協会

<初出>

本書は、2022年にカクヨムで実施された「〈メディアワークス文庫×３つのお題〉コンテスト」女性主人公×ファンタジー部門で大賞を受賞した『魔月恋月～をとめの恋は月下に咲く～』を加筆修正したものです。

◇◇メディアワークス文庫

# 月華《げっか》の恋《こい》

## 乙女《おとめ》は孤高《ここう》の月《つき》に愛《あい》される

灰《はい》ノ《の》木《き》朱《しゅ》風《ふう》

2022年12月25日　初版発行

発行者　山下直久
発行　株式会社KADOKAWA
〒102 - 8177　東京都千代田区富士見2 - 13 - 3
0570-002-301（ナビダイヤル）
装丁者　渡辺宏一（有限会社ニイナナニイゴオ）
印刷　株式会社暁印刷
製本　株式会社暁印刷



●お問い合わせ
https://www.kadokawa.co.jp/（「お問い合わせ」へお進みください）
※内容によっては、お答えできない場合があります。
※サポートは日本国内のみとさせていただきます。
※Japanese text only

※定価はカバーに表示してあります。


Printed in Japan
ISBN978-4-04-914695-0 C0193

メディアワークス文庫　https://mwbunko.com/

本書に対するご意見、ご感想をお寄せください。

**あて先**
〒102-8177　東京都千代田区富士見2-13-3
メディアワークス文庫編集部
「灰ノ木朱風先生」係

## 幻花の婚礼
### 贄は囚われの恋をする

染井由乃

**吸血鬼一族の令嬢と、復讐を誓う神官。**

**偽りの婚約から始まる許されない恋。**


　吸血鬼であることを隠して生きるクロウ伯爵家の令嬢・フィーネ。ある夜の舞踏会、彼女は美しい神官・クラウスに正体を暴かれてしまう。

「――お前は今夜から、俺の恋人で、婚約者だ」

　一族の秘密を守る代償としてクラウスが求めたのは、フィーネを婚約者にすること。吸血鬼を憎む彼は、復讐に彼女を利用するつもりだった。

　策略から始まった婚約関係だが、互いの孤独を埋めるように二人は惹かれあい……。禁断の恋はやがて、クロウ家の秘匿された真実に辿り着く。